나는 형제들에게
전화를 거네

Jag Ringer
Mina Bröder
Jonas Hassen
Khemiri

나는 형제들에게
전화를 거네

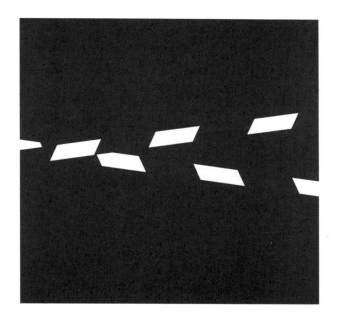

요나스 하센 케미리 장편 소설

홍재웅 옮김

민음사

연출과 대화 그리고 형제애를 보여 주신
연출가 파르나스 아르바비에게 감사드립니다.

차례

나는 내 형제들에게 전화를 걸어 이야기한다: 방금 전 정말 황당한 일이 일어났어. 들었어? 한 남자가 있었는데 말이야. 차가 한 대 있었는데 말이야. 두 번이나 폭발이 있어났어. 시내 한가운데서.

나는 내 형제들에게 전화를 걸어 이야기한다: 아니, 아무도 잡히지 않았어. 의심받는 사람은 없어. 아직은 아니야. 그런데 이제 시작한다. 너희 준비해.

샤비

그 사건에 대해 내게 이야기해 준 사람은 바로 샤비였다.

여보세요?

그가 내게 전화를 걸었다. 내가 클럽에서 춤을 추고 있을 때였다. 늦은 밤이었다. 사실은, 아주 이른 아침이었다.

거기 있으면 대답해, 중요한 일이야.

그가 전화를 했을 때 나는 술에 취해 있었고, 춤을 추고 있었다. 그러자 그가 다시 전화를 걸었다.

전화받아!

내가 클럽에서 춤을 추고 있을 때였다. 진동이 느껴져서 전화기를 내려다보았지만 난······.

전화받아!

난 전화를 받지 않았다.

빌어먹을 배신자.

정말이야.

뭐하는 거야?

다른 사람이었다면 받았을지도 모른다.

밖이야?

엄마였다면. 아니면 내 동생이었거나. 아니면······.

누구하고 같이 있는데?

누구하고.

토요일 저녁인데 밖에 혼자 있다고 말하는 것은 영 모양

새가 아니지? 무척이나 당황스럽게.

그런데 전화를 건 사람은 다름 아닌 샤비었다.

나는 친구한테 욕을 했다. 너 이상해.

그러니까 오해하지 마. 우린 여전히 가까운 친구란 말이
야.

맞아.

나는 그를 내 형제처럼 사랑한단 말이야.

맞아.

걔는 내 동생이야.

바로 그거야.

내 동생들과 똑같다고 할 수 있는 내 친구들이야.

맞아. 우린 서로 등을 기대고 의지하며 언제라도 서로를
위해서 매일매일 죽을 각오가 되어 있지?

음. 아니면, 죽음까진 아닐지도 모르지. 내 동생들을 위해서라면 난 죽을 거야. 엄마를 위해서라면 죽을 거야. 하지만 샤비를 위해서?

이봐, 그러지 말고.

맞아. 우린 같은 동네에서 자랐어. 서로 잘 알아. 나도 그에게, 그도 나에게 의지하지.

무슨 뜻이야?

내가 그를 보호해 줘야 한다면 난 언제라도 그를 위해서 거짓말할 준비가 되어 있어. 그리고 난 그를 위해서 총알이라도 맞을 각오가 되어 있고.

바로 그거야.

총알이 얼굴에만 맞지 않는다면. 생명에 지장이 없고, 얼굴에 총알이 박히지만 않는다면, 그를 위해서 난 언제라도 그렇게 할 거야.

그리고 나는 네 친구야.

하지만 동시에, 이 얘기는 해야겠어. 최근 몇 년간. 그가 아빠가 된 후로 그는 좀 그랬지…….

뭐?

잘 모르겠어. 우리는 멀어졌어. 그가 변했어.

그럴까.

우리가 어른이 되자 샤비는 늘 세상을 다른 식으로 보는 사람이 되어 버렸어. 예를 들면 내가 농구 경기에 지고 나서 집으로 가는 지하철에 있을 때면 샤비한테만 전화를 걸 수 있었어:

어떻게 됐는데? 응? 발렸냐? 트렐레보리*한테? 에이, 신경 쓰지마, 임마. 농구 엿 먹으라 그래. 농구는 범생이나 하는 스포츠라니까. 다른 스포츠가 얼마나 많은지 생각해 봐. 축구, 핸드볼, 펜싱. 윈드서핑, 다트, 작은 공 던지기. 다음번에는 내게 전화하는 게 좋겠어, 내가 그놈들을 반드시 박살 내 버릴게!

예를 들면 내가 물리 시험 때 커닝했는데 선생님이 그걸 보고는 시험지를 뺏어서 F를 주겠다고 위협했거든, 그래서

*스웨덴 최남단에 위치한 도시로, 여기서는 동명 농구 팀을 말한다.

나는 운동장으로 나가 버렸는데 거기에 서 있던 유일한 인물이 샤비었어:

왜 그렇게 슬퍼하는데? 무엇 때문에? F를 받는다고 무슨 상관이야? 그래도 왕립 공대에 들어갈 텐데 뭐. 난 네 과목이나 F 학점을 받았는데 넌 문제없이 잘 나가는 거, 인정할 수 있겠지?

사촌이 사복 경찰한테 잡혔는데, 처음에는 사복 경찰인지 모르고 마날의 형제들이라고 생각한 거야, 그래서 좀 마찰이 났거든, 사촌이 저항하다가 도망가려고 했는데 그만 사촌 코뼈가 부러지고 말았어. 그때 샤비가 이렇게 말하더라고 :

네 사촌이 내게 전화를 걸었어야 했는데, 분명히 내가 걔한테 물러나 있으라고 했을 거야. 그리고 내가 바로 한 방 먹였을 거야. 피가 뒤범벅이 될 때까지 내가 그 쟈식 코를 가격했을 거야.

정말?

식은 죽 먹기였을 거야. 게다가 알렘은 매부리코여서 그냥 왠지 세 보였을 거야.

근데 농구하기에는 샤비 키가 너무 작다는 사실을 전부 알고 있었어.

말도 안 되는 소리 하지 마.

그렇게 삐쩍 말라 가지고 싸움을 한다고.

그래도 내가, 보이는 것처럼 그렇게 작지 않아.

그렇게 그 앤 항상 모든 것에 마음으로 함께했다. 좀 더 가볍게.

게다가 나는 싸움에 겁나 많이 연루되었어.

그가 헬륨인 것도 바로 그래서야.

뭐?

헬륨. 너는 헬륨이었어.

대체 무슨 얘기를 하는 거야?

내가 그 얘기를 들려주자 그는 기뻐했다.

대체 헬륨이 뭐 어쨌다는 거야, 범생아?

그때 우리 학교에서 주기율표를 배웠고, 모든 물질을 기억하기 위해서 여러 원소와 군을 외우기 시작했잖아.

아니, 아니, 아니지. 우리가 언제 그랬어. 너가 그랬지.

카밀라 K는 세니까 타이타늄이고 칼잡이 스티브는 술 마셨을 때 위험하니까 우라늄이고.

정말 내가 솔직히 말하는데, 넌 맛이 갔어.

리사는 무너지기 쉽지만 그래도 겉으로는 아주 고자세니까 실리콘이고 핸드볼 짐은 아주 민첩하니까 머큐리고.

정말 솔직히 말하는데, 누구한테든 도움을 요청해라.

그리고 샤비, 샤비는 헬륨이야.

헬륨? 엿 먹으라 그래! 난 가스가 되고 싶진 않아.

걔도 똑같이 그렇게 말했어. 그래서 내가 이렇게 물었어. 그러면 뭐가 되고 싶은데?

모르겠어. 뭐 다른 거. 철 같은 거?

그건 다른 애야.

강철?

원소가 아니잖아.

그만둬. 내가 헬륨이라고 하는 건 대체 무슨 이유야? 내 머리가 풍선처럼 보이기라도 한다는 거냐? 아니면 내 목소리가 헬륨 가스 변조 같냐? 네가 헬륨이야! 너네 엄마가 헬륨이야!

아니야, 네가 헬륨이야. 항상 네가 모든 걸 다 하니까. 모르겠다. 좀 더 능숙하다고나 할까.

이제 알겠어. 그러니까 헬륨은 좋은 거지?

헬륨은 잔혹하잖아.

무거운 게 아니고?

헬륨은 다른 어떤 것보다도 비중이 크지.

헬륨 비중이 그 어떤 것보다도 제엘로 크다고?

헬륨이 제에에에에에에엘로 커!

좋았어. 그러면 난 헬륨이야. 그러면 넌 뭐야?

뭐?

넌 어떤 원소냐고?

나?

응. 말해 봐, 아모르, 너한테 맞는 원소도 있을 거잖아.

아니. 난…… 난 없어.

에이, 농담 그만하고. 말해 봐! 나뭇가지처럼 딱딱하니까 분명 나무일 거야. 아니, 아니야, 어떤 땐 계속 울고 있으니까, 넌 물이야.

어쩌면 우눈트륨.*

* 화학 원소. 초우라늄 원소의 일종이며 다른 초우라늄 원소에 비해 반감기가 길다고 여겨진다. 2016년 니호늄(Nihonium, Nh)으로 공식 명칭이 확정되었다.

뭐? 우눈……?

트륨. 우눈트륨.

그게 뭔데?

합성 원소인데, 아직 확정되지 않아서 임시로 붙여 놓은 이름이야. 원자번호는 113이야. 원소기호는 Uut.

내 생각엔 넌 나무가 나을 것 같아.

그런 다음 시간이 좀 흘러서, 핸드볼의 여왕 지메나가 핸드볼을 그만두었고, 이사의 큰언니는 오르스타비켄 호수에 빠져 익사했고, 난 좋은 성적을 받아 반에서 차석으로 졸업했고 샤비는…….

거의 졸업을 할 뻔했다.

난 왕립 공대에 입학했고 샤비는 니나를 만나 아빠가 되었다.

그리고 사장이 되었다. 샤비 건설, 신뢰할 수 있는 비계를 만듭니다.

난 엄마 아빠 집에서 이사를 나왔고 샤비는…….

예전에 살던 그 지역에 그대로 산다.

모든 게 변했다.

말해 봐야 뭐 그게 그거지만. 모든 게 전과 다름없어.

샤비만 빼고. 샤비는 변했어.

아니, 네가 변했어.

지난번 선거 후 샤비가 내게 전화를 걸었는데, 난 완전히 충격 받았어.

완전히 미쳤지, 너 봤냐? 봤어?

당연하지, 봤지.

도저히 이해할 수가 없어.

밤새 모두 뜬눈으로 지켜봤잖아.

그놈들이 의석을 받았어.

선거 결과를 보니 전국적으로 표가 밀렸어.

쥐새끼 같은 인종차별주의자들이 국회에 들어가다니, 제기랄.

숫자가 정확히 말해 줬어.

완전히 미쳤어!

난 인정해. 좀 짜증이 났었어. 샤비가 열 받아 하는 바람에 나도 화가 났었나 봐.

야, 이제까지 경험한 것들 중에 이게 제일 미친 짓인 것 같아.

에이, 빌어먹을, 샤비한테 대체 뭘 기대한 거야? 놀랐어? 우린 인종차별주의 국가에 살고 있는 거라고. 그러니까 쟤네들이 인종차별주의 정당에 투표하는 게 당연하잖아.

근데 뭐. 대체 얼마나 멍청하면 그러겠냐?

누가?

유권자들 말이야! 국민!

그러면 넌, 넌 누구한테 투표했는데?

완전히 미쳤어.

샤비. 넌 누구한테 투표했냐고?

나?

투표는 했을 것 아니야? 넌 어느 당에다 투표했는지 말 좀 해 볼래?

그게 말이야, 투표하러 가는 길이었어. 그런데 릴란이 열이 좀 났거든.

릴란. 미치겠네, 대체 쟤는 왜 자기 딸을 '릴란'*이라고 부르는 건데. 게다가 태어날 때 엄청 뚱뚱했잖아.

그러고 나니까 내 투표용지를 못 찾겠더라고. 버스는 늦게 오고. 비는 내리고. 줄은 엄청 길고. 릴란은 유모차에서

* lillan. 본래 '작은 물건'을 지칭하는 말로, 아이나 뭔가 아담하고 예쁜 것을 가리킬 때 쓴다.

난리를 쳐 대고.

　릴란. 계속해서 걔와 릴란. 걔, 나, 그리고 릴란. 릴란이
태어나고 나서는 죽 입에 달고 살아. 병원에서 퇴원해 릴란
을 집으로 데려갔을 때 엄청난 선물을 가지고 걔네 집에 갔
는데 그 후에도 릴란밖에 없었어. 샤비가 문을 열어 주었지
만 선물에 대해서는 고맙다는 인사말조차 건네지 않고 마
치 연극을 관람하는 관객처럼 입술에 손가락을 가져다 대
면서, 인디언마냥 침실로 몰래 들어가 버렸지. 거기에 릴란
이 누워 있었거든. 윗입술에 조그맣고 누런 코딱지들이 붙
어 있던 무척이나 뚱뚱한 아기였어.

　솔직히 말해서 말이야. 객관적으로 볼 때, 네가 만나 본
아이들 가운데 제일 예쁘고 제일 재주 많은 아이는 아니
겠지?

　샤비. 잘 모르겠어. 나흘밖에 안 된 아이니까.

　바로 그거야. 이 애를 봐 봐. 어린아이가 이런 식으로 시
선을 맞추는 건 대단히 특별해.

　하지만 이봐.

　음?

∘ ∘ ∘

애는 자고 있잖아.

응, 애가 바로 잠들기 전에 말이야.

이후 니나는 직장에 다니기 시작했고 샤비는 육아 휴직을 신청하더니 정말 육아 휴직을 하더라고.

이봐, 어떻게 지내?

솔직히 핸드폰은 정말 끔찍한 발명품이야…….

안녕, 나야.

그런데 방화벽이라도 있는 게 좋을 것 같은데…….

왓츠 업?(What's up?)* 무슨 일인데?

같은 번호로 전화하는 게 불가능하도록 하는 방화벽 말이야…….

안녀어어어어어어엉, 또 나야.

* 원서에는 wzup라고 표현. 스웨덴 청소년, 특히 이민자 청소년 사이에서 주로 쓰인다.

난 잘 모르겠지만 하루에 열 번 이상?

아모르! 무슨 일 없어?

첫 번째 통화.

한 마디.

아침 6시 45분.

바나나.

뭐?

바나나 마니아. 우리 애가 오늘 처음으로 바나나를 먹었어! 믿을 수 있겠어?

알았어, 그런데 난…… 방금 깼거든. 몇 시야?

조금 있으면 7시야. 일찍 일어나는 새가 벌레를 잡는 법이야.

다시 좀 더 자야겠어.

바나나 마니아 바나나!

안 되겠어.

바나나!

일어나면 아침 식사를 준비해야 해.

이봐아아, 칭구, 어떻게 된 거야?

다음 통화, 십오 분 후.

좋아. 토를 좀 하기는 하지만 그것만 빼고는 다 괜찮아.

십 분이 지나간다.

어이! 잘 지내?

잘 지내.

아침 식사는 하니, 아니면?

아니, 사실 지금 막 네가 전화로 얘기했지만 계속 아침 식사를 하면 좋겠어.

좋아. 뭐 먹을 건데?

어제 먹은 거하고 똑같은 거.

차하고 샌드위치?

차하고 샌드위치.

좋아. 나중에 연락하자.

그래. 인정한다. 샤비가 전화했을 때 받지 않았다는 걸. 나는 디스코텍에 있었다. 취해 있었다. 혼자였다. 난 몰랐다. 밖으로 나왔을 때 전화를 다섯 통이나 놓치고 메시지를 세 개 놓친 사실을 깨달았다. 전부 샤비한테서 온 거였다. 난 택시를 손짓해 불러서 내 주소를 말했다. 그러고는 첫 번째 메시지를 들어 봤다.

안녕, 너 들었어?

시계에는 2시 16분이라고 찍혀 있었는데, 벌써 다음 날이었고, 나는 완전히 취해서 춤을 추고 난 후였다.

시내에서 폭탄이 두 번이나 터졌어.

내 입술에서는 짠맛이 났고, 택시 기사는 노래에 맞춰 콧노래를 불렀다.

뭐라고 말들 하냐면 어쩌면 이건⋯⋯.

샤비의 목소리는 마치 달리면서 말을 하고 있는 것처럼 들렸다.

완전히 미쳤어, 정말 미쳤어.

거리는 텅 비어 있었다.

안녕, 또 나야. 젠장, 자동차 폭탄이었대. 다이너마이트로 꽉 차 있었대.

깜빡이는 신호등.

폭탄이 터진 건 몇 시간 전이었다. 난 ⋯⋯가 아니기를 빈다.

황량한 다리들.

빌어먹을, 난 그게 ⋯⋯가 아니기를 빈다.

다시 나야, 걔네들이 지금 그놈 인상착의에 대해 알고 있다는 말을 전하고 싶었을 뿐이야. 걔네들이 말하는데 그놈 모습은…….

텅 빈 버스 정류장.

걔네들이 그러는데 뭘 입고 있었냐면…….

불 꺼진 쇼윈도.

경계 태세를 레벨4 아니면 빨강 아니면 아무튼 제기랄, 제일 높은 단계로 높였다는 거야.

택시에 앉아 있던 난 왜 그가 그렇게 심각하게 반응하는지 궁금했다.

에이, 제기랄, 제길.

마치 그가 뭔가를 꾸미기 시작한 것처럼 들렸다.

제길, 제길, 제길, 제길.

내 말은 말이야. 그냥 차 한 대였다고.

나한테 전화해.

그런 것 아니야, 그러니까 뭔가…….

나한테 전화해.

우리하고는 전혀 상관없는 일이었다.

나한테 전화해.

상관없는 일.

나는 내 형제들에게 전화를 걸어 이야기한다: 며칠 납작 엎드려 있어. 집에서 나오지 마. 불은 꺼 두고. 문은 꼭 잠가. 차양을 비스듬하게 쳐서 밖에서는 아무것도 볼 수 없지만 너희들은 밖을 내다볼 수 있도록 잘 조절해 둬. 텔레비전 케이블은 빼 두고, 전화기는 꺼 두고, 신문은 바로 재활용 통에 갖다 버려.

모든 게 잠잠해질 때까지 기다려.

너희들 스스로한테 이렇게 반복해서 다짐해 둬: 우리에겐 잘못이 없어. 왜냐하면 너희들에겐 잘못이 없으니까. 너희들은 양심에 거리낄 게 없어. 너희들은 이 일하고 아무 상관없어.

지시를 내릴 때까지 계속해서 대기하고 있어.

알렘

그다음 전화는 알렘한테서 온 거였다.

공허한 천 마디 말보다 마음을 가라앉혀 주는 한 마디 말이 낫다.

난 전날 저녁에 입었던 옷을 그대로 입고서 비좁기 짝이 없는 작은 소파에 새우등을 하고는 누웠다.

삭이지 못한 화가 계속 지속되자, 내 마음은 뜨거운 불덩이라도 집어서 다른 누군가에게 던져 버리고 싶은 욕구까지 생겨날 정도가 되었다. 네가 바로 불에 타 버릴 사람이다.

전화기가 부르르 떨며 진동을 하는데, 외국에서 걸려 온 번호가 뜨자, 나는 잠깐 동안 이게 누굴까 머릿속에 떠올려 보았다. 혹시 이건…… 나는 핸드폰으로 손을 뻗어 전화를 받았다: 여보세요? 숙취 때문에 내 목소리에 짜증이 조금 섞여 있었지만 동시에 기대감이 차 있기도 했다. 이렇게 내 감정을 잘 숨기지 못하는 것 때문에 나는 내 목소리를 너무 싫어한다. 여보세요? 시콘? 여보세요? 바바? 여보세요? 여보세요? 바바? 시콘? 몇 초간 고함을 쳐 대자 알렘의 목소리가 들렸다.

이봐, 나 알렘이야!

아, 알렘 하고 나는 실망스러운 목소리를 감추어 보려고 무진 애를 쓰며 대답했다. 괜찮아?*

나는 괜찮아, 넌 어때?**

고마워, 나도 괜찮아.*** 내가 클라리넷 연주할 때 그 알렘도 아니었고 모세의 이웃이었던 그 알렘도 아니었다. 그녀는 해변에 여름 별장을 지을 때 할머니를 돕기 위해서 와 있던 내 사촌 알렘이었다.

---

* 원서에서는 튀니지어로 쓰였다. Lebes.
** 마찬가지로 튀니지어로 쓰였다. Lebes hamdullah, Oa enta lebes.
*** 튀니지어. Lebes hamdullah, aicheck.

자?

아니, 전혀.

어제 밖에서 파티했어?

난 파티 안 했는데. 책상에 앉아서 공부만 했어. 잘 있어? 할머니는 좀 어떠셔?

소식이 깜깜한 우리 사촌. 무슨 일이 있었는지 못 들었어? 뉴스도 안 봤어?

무슨 일인데? 전부들 외국 소식만 전해 주잖아?

알 자지라, CNN, 폭스 뉴스, 프랑스24에서 말이야. 사방에서 말이야.

내 사촌이 삶의 철학에 대해 주저리주저리 늘어놓기 시작하자, 소파에 있던 나는 가까스로 몸을 일으켰다.

아모르. 한 가지 기억해 둬.

나는 홀을 향해 걸어갔다.

증오는 증오로 멈춰지지 않는 법이야.

신문 1면에는 부서진 자동차와 접근 금지 테이프, 연기, 그리고 제목이 보였다.

증오는 오직 사랑으로만 극복될 수 있어. 이게 영원한 규칙이야.

용의자에 대한 묘사. 몸집. 머리카락 색깔. 턱수염 길이.

사촌, 이제 조사 시간이 임박했어.

그는 마치…….

네가 질문을 던져야만 해.

떠오르는 사람이…….

윙윙거리며 바람이 불어 대는데 넌 어디서 뭐하는 거야?

범인은 누구라도 될 수 있지.

바람막이나 연을 만드는 거야?

뭐?

실내 수영장이나 풍력 발전소를 만드는 거야?

대체 무슨 소리를 하는 거야?

배드민턴 경기장이나 아니면 어떤…… 만들고 있는 거야? 아니면…… 다트 판이라도 만드는 거야?

알렘, 대체 무슨 소리를 하는 거야?

나? 난 바람에 관해서 말하는 거야.

무슨 바람?

무서운 일이 일어난 후에 너와 네 친구들을 휩쓸고 지나갈 거라고 위협하는 거칠고 험악한 바람. 아모르, 넌 각오를 단단히 하고 있어야 할 거야. 곧 조사 시간이 임박해 오니까.

그녀는 정확히 그렇게 말했다.

조사 시간이 임박했어.

그런데 그게 무슨 의미야?

조사 시간? 고통스러운 거지. 고난에 처한 거.

그래, 나도 알아. 그런데 무슨 의미냐고?

너도 알 거 아냐? 뭔가 좀 어렵다는 거. 아주 어려운 거.

응, 그렇다고 해 두지 뭐. 그런데 난 네가 왜 항상 그렇게 이상한 말만 하는지 이유를 알 수가 없어.

나 이상하게 말하는 거 없는데.

뭐라고, 너 늘 그러잖아. 항상 그렇게 말하는 거에 대해서 신경 쓰지 않으려고 했는데, 예전에 네가 어땠는지 기억나니까.

예전에?

음. 예전에.

예전이라면 오래전 일이잖아.

음.

예전이라면 내가 빛을 보기 전 말이야. 내 안의 평온함을 발견하기 전. 내 자아를 찾기 전.

음. 그렇지만 예전이라면 네가 사기를 치기 시작하기 전이기도 하잖아.

사기라고? 사랑하는 사촌한테 '사기'라고 말하는 거야?

내가 무슨 말 하는 건지 알잖아.

아니, 한번 설명해 봐.

멍청하게 그러지 마. 우리 역사는 이슬람 아니면 공산주의잖아. 우리는 무함마드 아니면 마르크스를 지지하잖아. 우린…….

난 아니야.

아냐, 난 알아! 너라고 특별한 건 아니야! 너도 우리랑 똑같아. 단지 네가 인정하지 않고 싶을 뿐이지. 제길, 말도 안 되는 허접한 부처의 말이나 인용하는 건, 네게 아무 도움이 안 돼. 그런 다음 침묵이 흘렀다. 알렘. 알렘, 내 말 들리니? 미안, 내가 하려는 말은 이게 아니었는데…… 뭐라 말해야 할지 모르겠어…… 오늘 내가 좀 이상한 것 같아. 이봐?

난 그냥 기다렸어. 하지만 넌 사과하지 않았어.

내가 사과하지 않았다고?

응, 넌 그냥 거기에 서 있었을 뿐이야. 조용히. 내가 뭘 얘기하려고 하니까 기다리고 있었잖아.

내가 사과를 했어야 하는데.

음.

어제저녁에 대해 이야기했어야만 해. 이렇게 말했어야 하는데: 미안해, 어제 내가 밖에 나와 있는데 하필이면 그때 샤비가 전화를 건 거야, 그래서 나는 받을 수가 없었어. 왜냐하면.

왜냐하면?

모르겠어. 하지만 나는 아무 말도 하지 않으면서 공중전화 박스 수화기에 귀를 대고 서 있었고, 알렘은 심호흡을 하고 있는데 뒤에서 수탉이 울어 대자 나는 숫닭인가 아니면 수탉인가 하며 수탉의 철자를 머릿속에 떠올렸다. 예전에 내가 어떻게 썼었는지 기억을 해 냈는데, 모든 게 생생했다. 샤비 집에는 철자를 교정해 줄 사람이 전혀 없어서 글짓기한 것을 봐 달라며, 명사형의 복수형을 어떻게 만드는지, 아니면 형용사의 올바른 비교급을 내가 아는지 물어보기 위해서 아래에 살던 우리 집에 샤비가 찾아오곤 했다. 아니야, 보통, 굴뚝처럼 담배를 피워 댄다고 말하지는 않아, 그리고 사람이 슬플 때 짓는 표정은 아끼던 꿀단지를 엎었을 때하고는 달라. 점심을 금쪽같은 시간이라고 하지는 않아. 이런 이유로 샤비는 나를 걸어 다니는 백과사전이라고 불렀지만, 우리가 서로를 잘 알기 아주 오래전 일이었다. 당시 바바가 여전히 그 집에 살았는데, 바바가 이사를 나가자 알렘이 내 편이 되었다. 가족은 가족이며 가족끼리는 서로 절대로 배신하지 않아. 그러니까 이제 너는 내가 너를 돌봐 준 것과 똑같이 네 형제들을 돌봐 줘야만 해. 비록 네가 범생이라고 할지라도 내가 네 사촌이라는 것은 바로 네가 나라는 것을 의미하기 때문에 어느 누구도 너를 범생이라고 놀려서는 안 돼, 알았지 범생이? 하고 말했고, 알았어라고 내가 말했다. 비록 당시 우리가 아주 어리기는 했지만, 특히 그중에 내가 제일 작았는데도, 아직도 내 자전거 뒷바퀴에 보조 바퀴가 달려 있었는데도, 내 점심 도시락이 따끈따끈한 레몬 주스와 곰팡이가 피어 버린 칼레스 캐비어 샌드위치였는데도, 여름 방학이면 야외 풀장까지 자전거를 타고 가는데 나를 끼워 주었으며, 그들이 건네는 인사에 내가 거의 대답을 하지 않는데도 알렘의 친구들은 항상 내게 인사를 건넸다. 비록 내가 엄청난 뚱보였는데도, 학교 성적이 아주 좋았는데도, 풀장 가장자리에서 뛰어내릴 때 항상 코를 잡고 다이빙을 하는데도, 나는 햇살 따가운 나무 벤치에 올라앉아서 마치 내가 뭐라도 된 것처럼, 나도 그들 일부라고, 물론 완전히는 아니었지만…… 그래도 나는 그렇게 상상을 했다. 언젠가 내가 아이스크림을 사려고 줄을 서 있었을 때, 목발을 짚은 외다리 남자 뒤였는데, 화상을 입어 부풀어 오른 그의 등에 난 상처가 기억이 난다. 그래도 어쨌든 그 사람, 외다리 남자, 오른쪽 다리가 없던 그 사람, 목발을 짚고 있던 그 남자, 그가 칼립포를 주문할 때 얼마나 큰 소리로 떠들어 대든 아니면 그가 아이스크림 사려고 줄 서 있을 때 주머니 없는 수영복을 입고서 손을 어디다 두어야 할지 몰라서 안절부절못하든 전혀 걱정할 필요가 없었다. 내가 돈을 내고 친구들이 있는 곳을 향해 걸어가자 수영 구조원이 우리가 앉아 있던 곳을 쳐다보면서 원숭이산 아프베리에트 위쪽은 만원이라고 워키토키에 대고 보고를 하고 있었는데, 나는 그게 너무 재미있다는 생각이 들었고 아이스크림을 가지고 돌아와서는 알렘에게 그것에 대해 이야기했다: 아프베리에트에 돌아오니까 정말 좋아. 알렘의 친구들이 알렘을 쳐다보았고, 알렘은 나를 쳐다보았고, 누군가 무릎을 꿇거나 팔 굽혀 펴기를 하거나 당구 큐대를 가지고 싸움을 할 때 생기는 주름이 그녀 이맛살에 잡히자 나는 이렇게 말했다: 진정해, 그렇게 말한 건 내가 아니라 바로 저 사람이었어, 저 아래에 있는 수영 구조원 말이야,

그런데 내가 손가락으로 그를 가리키기도 전에, 내가 정말 그 수영 구조원이 맞는지 정확히 확인해 줄 사이도 없이, 알렘이 모자챙처럼 손을 펴고 팔을 쳐들어 반짝거리는 파란 풀장으로 그의 등을 순식간에 밀어 버렸다, 모두가 숨을 죽였다. 알렘은 미사일이었고 그는 적함이었다. 그녀는 다트 화살이었고 그는 빨간색 점이었다. 그녀는 덤벼들었고 그가 적당한 방향으로 등을 돌리고 서 있는 상태에서 한순간에 그의 몸은 더미*가 되어 떠밀려 버렸고 그의 입에서는 짧은 비명 소리가 흘러나와 우리가 진을 치고 있던 곳까지 전해져 왔다. 그 사람이 떨어지고 나서 몇 초 후 그의 촌스러운 수영 모자가 물에 떨어지자 우리는 환호성을 질러 댔다. 알렘은 우리의 영웅이었고 수영 구조원들이 와서 우리를 쫓아내려 했지만 그곳에 더 이상 머물고 싶지 않아 우린 이미 자리를 뜬 상태였다. 어쨌든 인종차별을 하는 수영장에서 벗어날 수 있었다: 이제 여기에 더 이상 오지 말자고, 그러고는 다음 주 주말이 되어서야 그곳을 다시 찾았는데, 물론 우린 돈을 내지 않고 몰래 입장했다. 우리는 이렇게 말하고 싶었다: 알렘, 기억나? 그 수영 구조원 기억나? 밤중에 차고에서 본드에 취해 있던 것, 시내에서 자동차 백미러를 발로 차서 부러뜨렸던 것, 그리고 워터 페스티벌에 갔을 때 경비에게 욕지거리를 해 주던 것 기억나? 문지기를 해서 용돈 벌던 것과 내가 집에서 여러 실험을 하던 거며,

* 자동차 충돌 시험 때 쓰는 마네킹 또는 인형.

집에서 땜질하던 인쇄 회로 기판 기억나? 그리고 바바는 이사 가고 샤비는 나를 데리고 디스코텍에 가려고 해서 이따금 나도 리후레셔라는 디스코텍하고 부그* 50외레 디스코텍에 따라갔었지. 신분증을 보여 주지 않아도 맥주를 팔던 튀르키에 상점, 덤불에 숨겨 놓았던 맥주, 작은 말보로라이트 담뱃갑, 뻐끔담배, 댄스 경연 그리고 뺨과 뺨을 맞대고 추는 치크(cheek) 댄스 곡들, 디스코 볼, 마른 냄새 풍기는 안개 뿜는 기계, 샤비가 이야기하고, 농담하고, 감자를 던지고 치크 댄스 곡에 맞추어 춤을 추는 동안 마치 나는 혼자가 아닌 것처럼 한 발을 벽에 대고 서 있었지, 서로 다른 전철역에 모여들던 여러 파의 멤버들이었다. 샤비는 그들 대부분을 알고 있었지만 샤비가 댄스 무대에서 춤출 때, 때로는 나 혼자서 화장실에 갔다가 난리가 날 수도 있었고, 그 덕에 범생이는 가끔 교훈을 얻기도 했다. 누군가의 모자를 잡아당겨 침을 뱉기도 했고 누군가의 헤드폰을 훔치기도 했고, 누군가의 정강이뼈가 쏜살같은 발길에 걷어차였는데, 그 누군가는 매번 나였으며 그래서 나는 뒤로 한 발자국 물러서며 이렇게 말했다: 에이, 문에 서 있는 매부리코 여자애 너도 알지? 저 애가 내 사촌이야. 그리고 그렇게 얘기하면 만사가 해결되었다. 여기 모자 돌려줄게, 여기 네

---

* 스웨덴의 일반적인 댄스 스타일로, 무도장(댄스 플로어)에서 매우 인기가 많다. 부그는 포 스텝 댄스이며 파트너와 함께 추는 춤으로 기본적인 규칙이 있지만 본래 즉흥적이고 주로 남자가 리드한다. 이 춤 이름을 딴 디스코텍이다.

이어폰 있어, 일어나, 우린 그냥 장난친 거야. 이게 다 농담인 거 너도 알지, 그치? 알렘, 그거 기억나? 네가 소문난 공포의 대상이어서 어떤 난처한 상황에 처하든지 네 이름만 말하면 벗어날 수 있었던 것 기억나? 몇 초 침묵이 흐른 후에 봇물 터지듯 그녀가 말문을 열었다.

나?

응! 분명히 이 지역 전체에서 네가 제일 셌잖아.

사촌 동생, 너무 과장하는데.

아니야, 사실이잖아. 그때 넌 약간 예의 바른 마그네슘이어서 지루한 알루미늄으로는 절대로 변하지 않을 거라고 생각했던 걸로 나는 기억해.

맞아, 변하지 않았어.

아니, 넌 변했어. 내가 짜증이 난 건 다름 아니라 네가 쿵후를 배우고 멍청하기 짝이 없는 자습서로 공부를 하고 일요일 오후에 입술에 이상한 미소를 보이며 그 책을 들고 오기 시작하면서부터야.

내가 모르던 것을 알게 되니까 너는 내가 부러웠던 것뿐이야.

넌 판단이 흐려졌던 거야.

난 성실해졌어.

넌 거짓이었어.

어제는 지나간 역사, 내일은 알 수 없는 신비, 하지만 오늘은 선물이라네. 그래서 현재가 '선물'이라고 불리는 거라네.*

맞아. 넌 늘 그런 범생이 같은 소리나 해 대고. 그러고는 굉장히 자랑스러워하는 표정으로 서 있었잖아. 그 인용구가 전부 「쿵푸팬더」에서 따온 거라고 내가 폭로하기 전까지 말이야.

하하, 기차게 재밌지.

정말 그래.

* 애니메이션 영화 「쿵푸팬더」에 나오는 대사. 우그웨이: 포기할까, 말까? 국수나 만들어야 되나, 말아야 되나? 자네는 너무 과거는 어땠고, 미래는 어떠할 거고에만 집착하는구먼. 이런 말이 있지. 어제는 지나간 역사이고, 내일은 알 수 없는 신비로운 것. 그러나 오늘은 선물이라네. 그래서 그것을 현재(선물)라고 부른다네.

아주 확실하지는 않아.

확실해.

그렇다면 내가 읽었던 책에서 「쿵푸팬더」가 발췌한 거야.

아니면 「쿵푸팬더」에서 네가 발췌했거나.

내가 스스로 찾아냈기 때문에 넌 그저 질투하는 거잖아. 하지만 넌 어느 때보다도 더 혼란스러워하니 말이야.

내가? 혼란스러워한다고? 난 혼란스럽지 않아. 완전히 정상이야.

물론. 완전히 정상인 사람들이 사람을 화학 원소 기호로 부르고 자신의 감정을 방정식으로 표기하고 이십 년 동안이나 여자 동료를 몰래 추적이나 해 대곤 하지, 그녀가 이제……

여보세요?

응?

。。。

여보세요오오오오오?

응, 아모르. 들려. 내 목소리 안 들려?

알렘? 듣고 있는 거야?

잠깐만 기다려. 끊어졌나 봐. 다시 전화 걸게.

그리고 우리는 수화기를 내려놓았다.

그러고는 다시 내가 전화를 걸었다.

전화 연결이 되는 데까지는 시간이 좀 걸려서 난 침대에 걸터앉아 텔레비전을 켰는데 4번 채널에서는 매부리코 경찰관이 이건 새로운 위협이라고 말했고 2번 채널에서는 폭발한 장소 사진들을 보여 주었고 CNN에서는 전문가 한 명이 이 공격은 실패했지만 자칫 대참사를 불러올 수도 있었다는 설명을 하고 있었는데 다시 전화기가 울리자 난 텔레비전 무음 버튼을 누른 다음 전화선에 문제가 좀 있었다는 듯 전화를 받았다.

이제 제대로 작동하는 것 같아.

우린 다시 처음부터 시작했다. 알렘은 드릴 날에 대한 대화로 이끌려고 애를 썼지만 나는 친척들은 어떻게 지냈는지 물었다.

그러자 드릴 날에 대한 알렘의 질문은 쏙 들어가 버렸고, 이어서 나는 호텔 인턴 자리를 얻은 사촌에 관한 이야기를 늘어놓았다.

알렘이 다시 드릴 날에 대한 대화로 돌아가려고 애를 쓰자 나는 다시 이렇게 말했다: 대단해, 정말 잘된 일이야, 어느 호텔이야?

한니발 호텔, 너도 알지? 우리 어렸을 때 갔었잖아. 지금 수리 중인데 수리에 관한 이야기라면…… 드릴 날은 어떻게 됐어?

응, 알아.

그거 보냈어?

곧 보낼 거야.

하지만 네가 그거 보상 청구를 했잖아?

그런 셈이지.

했어, 안 했어?

최근에 내가 무척 아팠거든. 기말 시험하고 또 다른 일들이 어찌나 많던지. 솔직히 말하면 좀 창피하게도 느껴지지만…… 그게 왜 다시 부러져 버렸는지 난 이해를 못 하겠어.

어쩌겠어? 하루에 다 집을 지을 수도 없고, 일 년 만에 정부가 무너져 버리는 것도 아니니까, 그래도 드릴 날은 몇 주는 건디잖아. 그럼 오늘 해 놓을 수 있어?

당연하지, 내가 해결할게라고 나는 말했다. 그리고 내가 그렇게 얘기한 게 몇 번이었는지 생각해 보았다. 당연하지, 내가 해결할게. 차로 데려다줄까? 내가 해결할게. 돈이 없는 거 아니야? 내가 해결할게. 과카몰리*에 집어넣을 식재료가 필요해? 내가 해결할게. 그런 건 가장 나이 많은 사람이 하는 거야. 내가 해결할게.

근데 잠깐 기다려 봐. 마음 좀 가라앉혀. 네가 필요로 하는 건 시내에 가면 다 있어, 드릴 날 보상 청구를 하면 우리한테 그걸 보내줘. 간단하잖아?

* 아보카도(avocado)를 으깨어 토마토, 양파, 양념을 넣은 멕시코 요리.

봉투. 에어 캡이 있는 그런 봉투를 사야 해. 그리고 우표
도 사야 하고.

얼마나 힘든데?

힘들지는 않아, 그냥 그런 느낌만 드는 거지. 다른 사람
들을 위해서 항상 뒤치다꺼리를 해야 한다는 그런 느낌 말
이야. 전적으로 모든 것이 내게 달렸다는 그런 느낌. 잘 모
르겠어. 희미해.

그러면 왜 싫다고 하지 않았어? 왜 이렇게 말하지 않았
어: 안 돼, 알렘. 유감스럽지만 오늘은 도저히 시간이 안 될
것 같아. 다른 사람한테 전화 걸어 봐. 내 친구들한테.

잘 모르겠어. 대신 나는 이렇게 말했어: 당연하지, 내가
해결할게. 오늘 늦게라도 내가 해결할게. 문제없어.

좋아.

바빠?

잠깐만.

여보세요? 들려?

응, 미안.(sorry.) 응, 좀 바빠서. 오늘 네가 해결해 줄 수 있으면 최곤데.

누구하고 얘기하는 거야?

뭐?

누구하고 얘기하는 거냐고?

나?

응? 아버지 거기 계셨어? 방금 전에는 아버지가 그 방에 계시다고 말하지 않았잖아? 이거 완전히 돌았어. 아버지가 같은 방에 서 계셨던가 앉아 계셨는데 수화기를 바꿔서 인사도 안 한단 말이야? 아버지한테 지옥에나 꺼져 버리라고 전해 줘. 들었어? 아버지한테 그렇게 말해, 지옥에나 꺼져 버리라고 말해!

하지만 그렇게 말하지 않았잖아.

그렇게 말했어. 내가 말한 게 대충 그래.

아니야. 넌 이렇게 말했어 :

알았어. 아버지가 거기 계셨구나. 알았어. 안부 전해 줘. 아들들이 아버지께 안부 전한다고 전해 줘. 우린 잘 지낸다고 안부 전해 줘.

넌 그렇게 말했잖아.

그다음에?

그런 다음 전화를 끊었지, 뭐.

그런데 어떤 명언을 읊조리며 끊었잖아?

아니. 내가 무슨 명언을 읊조리며 끊지는 않았어, 왜냐하면 나는 저기 다른 나라에 발을 딛고 서 있고, 네 아버지는 같은 방에 있는데 서로 아무 말도 하지 않고, 마치 말이야…… 난…… 갑자기 이 모든 상황이 너무 슬퍼져서 명언이 입 밖으로 튀어나올 정도로 기분이 들뜨지는 않았던 것 같아. 그런 다음 끊었지 뭐. 그게 다야.

우린 전화를 끊었고 나는 신문을 재활용 통에 넣고는 옷을 입고 아파트 밖으로 나갔다. 처음에 망가진 드릴 날을 가지고 나왔지만 거리로 내려왔다가 다시 돌아섰고, 다시 올라갔다. 왜 그랬는지는 모르겠지만 나는 십 대 때 지녔던 옛날 물건들을 넣어 둔 상자를 꺼냈다. 그 안에는 삐삐와 카세트테이프를 닦는 청소 도구가 들어 있었고 칼도 있었는데, 오래되어서 녹이 슬고 지저분한 칼날은 뻑뻑했다. 나는 몇 초간 거기에 서서 손에 칼을 들고 서 있다가 사용하진 않을 거라는 걸 알면서도 뒷주머니에 집어넣었다. 무기 같다는 생각조차 없었다. 단지 향수였다. 그냥 느낌뿐, 느낌, 동행한다는(함께한다는) 느낌.

여보세요, 들려?

내가 계단을 내려왔을 때 핸드폰이 울렸다.

전화받아, 이야기해야 할 게 하나 있어.

샤비였다. 또.

통화 가능할 때 전화 줘.

지금 당장은 안 돼라고 나는 생각했다. 곧.

나는 내 형제들에게 전화를 걸어 이야기한다: 바로 지금이
야. 침대에서 이불을 걷어차고 나와. 면도를 해. 옷을 제대로
깔끔하게 챙겨 입어. 특히 주의할 것. 옷은 익명성을 적당하
게 보장할 수 있는 것으로. 너무 평범하기 때문에 오히려 평
범함으로 튀게 하면 절대 안 돼. 팔레스타인 두건 '케피에'는
집에 놔둬. 의심을 살 만한 가방 같은 것은 들고 오지 마.

집을 나서면 너희는 더 이상 너희가 아니야, 바로 그 순간
너희는 대표자로 바뀌는 거야, 그러니까 주변에 녹아들 수
있도록 집중하는 것이 특히 중요해. 어떤 것에든 그리고 누
구에게든(반려동물과 쇼윈도 마네킹을 포함해서) 미소를 보여
주도록 해. 최대한 정상적으로 걸어. 누가 문을 잡아 주기라
도 하면 감사하다고 크게 말해. 너희 때문에 미안하다고 사
과해. 전철에서는 소곤소곤 얘기하고, 극장에서는 조용히 웃

고, 마치 보이지 않는 가스처럼 변해서 행동하도록 해.

기억해 둬: 햇빛에 반사되는 것은 전부 카메라 렌즈야. 바람 소리는 전부 그들의 도청 시스템에서 나오는 라디오 소음이야. 어디에서도 너희는 안전하지 않아. 사람들의 속삭임에서 벗어나기 위해서는 이어폰 볼륨을 올려. 사람들의 시선을 피하기 위해서는 눈을 감아. 걱정하지 마. 너희는 해낼 거야.

발레리아

난 거리로 나왔다.

시야에 들어온다, 오버.

난 지하철역을 향해 걸었다.

그가 서쪽으로 간다, 오버.

나는 지갑을 꺼내서 카드를 뺀 다음 에스컬레이터를 타
고는 승강장을 향해 내려갔다.

그가 전철을 타러 아래로 내려간다, 반복한다, 그가 전철
을 타러 아래로 내려간다, 오버.

여러 벤치들 가운데 하나를 선택해 앉아서 기다렸다.

그는 배낭을 메고 있다, 오버.

나는 같이 타고 가는 승객을 호기심에 바라보지 않았고, 노트에 무언가를 끄적거리지도 않았으며, 핸드폰으로 사진도 찍지 않았다.

검정색 배낭 하나, 딱 적당한 크기로, 그 안에 들어 있는 것은…….

나를 쳐다보면서도 어느 누구에게도 불편한 기색이 없다.

그는 들고 있는 배낭을 상당히 애지중지하는 것 같다, 오버.

지하철이 플랫폼 가까이 들어오자 나는 벤치에서 일어났다.

배낭이 좀 수상하다, 오버.

첫 번째 칸은 너무 붐벼서 나는 다음 칸을 향해 옮겨 갔다.

그가 우리를 혼란에 빠뜨리려고 한다, 오버.

그런 다음 나는 시내로 갔다.

그가 인파 속으로 사라지려고 한다, 오버.

나는 온통 내 생각에 잠겨 앉아 있었다.

그가 매우 냉정하게 행동하고 있다, 오버.

나는 그 누구도 도전적으로 쳐다보지 않았다, 외국어로 쓰여 있어 의심을 살 만한 책을 읽지도 않았다.

그는 우리 감시 아래 있다, 오버.

나는 역에서 나와서 세르겔 광장으로 올라가는 에스컬 레이터를 탔다.

그가 곧 시내에 다다른다, 오버.

나는 미행을 당하고 있지 않다.

그가 범죄 현장으로부터 몇 분 정도 떨어진 거리에 있다,

오버.

나는 걱정스러운 표정으로 어깨 너머로 돌아보지 않았다.

그는 긴장한 것처럼 보인다, 오버.

나는 드로트닝가탄에 서 있고, 태양은 밝게 빛나며, 어느 누구의 목소리도 들리지 않으며, 버스들은 지나쳐 가고, 눈은 녹아 버렸으며, 주인 잃은 장갑이 전기 제어함에 걸쳐져 있었고 모든 게 평상시처럼 평온해 보였다.

그가 드로트닝가탄 북쪽 방향으로 움직이고 있다. 반복한다, 드로트닝가탄 북쪽 방향, 오버.

특별한 것은 아무것도 없었고, 새로운 것도 없었으며, 나는 미행을 당하지 않았고, 어느 누구도 내게 이상한 시선을 보내지 않았다, 아무도 이렇게 생각하지 않았다: 그가 그들 중 한 사람이야.

그가 범죄 현장 방향으로 움직이고 있다, 오버.

나는 도시의 일부였다. 다른 사람들과 똑같이, 저기에 비닐 봉투를 들고 있는 여자와 똑같이, 그리고 저기에 빨간 모자를 뒤집어쓴 남자와 똑같이.

。。。

그가 멈췄다, 반복한다, 그가 지금 완전히 정지했다, 오버.

핫도그를 들고 있는 아줌마와 쌍둥이 유아차를 밀고 있는 아빠와 똑같이.

그가 땀을 흘리고 있다, 오버.

미용실 밖에 서서 담배를 피우고 있는 미용사와 똑같이 나는 도시의 일부였다.

그가 배낭을 고쳐 메고 있다, 오버.

현금 인출기 앞, 프로 축구팀 목도리를 두른 사내들같이.

그가 아직 가만히 서 있다, 다음 조치를 내려 달라, 오버.

거리 모퉁이마다 준비 태세를 하고 있는 경찰들처럼 나도 도시의 일부였다.

그가 방향을 바꾼다. 그가 뒤로 몸을 돌려서 남쪽으로 빠르게 움직인다, 오버.

개와 경찰봉, 그리고 헬멧(투구)의 보호면갑과 권총 들.

○ ○ ○

그가 뛰기 시작한다, 오버!

방패와 최루가스 그리고 옷깃 안 송신기에 대고 옆으로 말을 하고 있는 입들.

권총 가죽 케이스에 살짝 대고 있는 손들.

명령을 내려 달라, 오버.

노려보는 시선들, 끄덕이는 고개들.

조치를, 오버?

땀과 배낭과 드릴 날과 뒷주머니에 있는 칼.

명령을, 오버?

발레리아의 이름과 발레리아의 전화번호, 그러고는 통화 신호가 간다.

그가 멈추었다. 그가 핸드폰을 꺼냈다, 오버.

그녀는 전화를 받지 않는다. 바쁜 모양이다. 그녀는 무척

남을 실망시키는…….

여보세요?

안녕!

그가 미소 짓는다, 오버.

얼마나 많은 사무실을 원하십니까?

엄청 많이! 적어도 스물다섯 개!

그가 웃는다, 오버.

누가 사무실을 갖고 있는 거야?

산타클로스가 갖고 있지! 그런데 스튜디오를 철거하거든! 그건 그렇고, 이건 누구 마가목 열매야?

커버를 꿰맨 사람한테 물어봐!

그가 암호로 말하고 있다, 오버.

발레리아가 전화를 받았다, 사무실에서 일하고 있는데

도 전화를 받았고 내가 전화를 건 것에 아주 기뻐하는 목소리였다.

괜찮아, 통화할 수 있어.

들었어? 그러니까…….

그 폭발? 응, 들었어. 수상한 일이야.

아주 수상해.

시작했어?

뭘?

내가 뭘 말하는지 알잖아.

그녀가 말하는 게 뭔지 아는데도 뭐라고 대답할지 몰라서 대신 이렇게 말했다: 응, 시작했어. 네가 집에 와야만 해, 여기에 네가 필요하거든. 그러고 나서 나는 이렇게 말했다: 그러니까 말이야. 시내 전체에 경찰들이 쫙 깔렸어. 그래서 전부 좀 다르게 느껴져, 하지만…….

하지만?

알잖아, 얼마나 새것인지, 그리고 얼마나 있는지 내 기억으로는 확신을 못 하겠어.

너답다. 잠깐만 기다려 봐. 에이, 안 되겠어. 미안한데 사이즈가 전부 밖에 걸려 있어서. 아마도 스투르가탄에 있을지도 몰라. 아니, 미안한데 내가 도와줄 수는 없어도 들르기는 할 거야, 그 사람들한테는 있을 것 같아. 바보, 멍청이.

누구?

손님. 근데 분위기는 어때?

그게, 잘 모르겠어. 감시당하는 느낌이 들어. 발레리아가 웃기 시작하자 영문을 모르지만 어느새 나도 따라 웃고 있다는 걸 알았다.

그러니까 넌 너무 예뻐.

뭐?

네가 감시당하는 건 어쩜 당연할지 몰라!

그녀를 믿지 마라, 오버.

사는 동안 늘 너는 감시를 받아 왔어.

그녀가 거짓말을 한다, 오버.

바로 지금은 내가 너를 감시하고 있잖아.

그녀는 농담을 할 뿐이다, 오버.

농담 그만해.

그래도 사실이잖아. 지금 당장 네가 어디에 있는지 내가
정확하게 알잖아.

그녀를 시험해 봐, 오버.

증명해 봐.

서 있잖아. 잠깐만 기다려 봐. 내 탐색 감지기를 연결할
게. 조금 클로즈업할게. 지금은 서 있잖아. 보도에.

맞아.

버스 정류장에서 그리 멀지 않은 곳에.

음.

그리고 네 시야에는 자동 주차 요금기가 하나 보일 거야. 거리 분수대도 하나 있고. 그리고 광고판이 적어도 하나는 있을 거야.

맞아!

그리고? 그게 그렇게 어려웠나, 오버?

그리고 어딘가에 세븐일레븐이 있어.

글쎄.

아니면 프레스뷔로 편의점. 아니면 H&M. 내가 맞다는 거 인정하겠어?

응, 맞아.

그가 그의 조력자에게 거짓말을 하고 있다, 오버.

누가 최고야?

네가 최고야.

누가 입맛을 다시지?

내가 입맛을 다셔.

그가 다시 암호로 말하기 시작했다, 오버.

그러면 이제 뭐할 거야?

나?

응, 넌 뭔가 해야 하잖아.

그가 벤치에 앉는다, 오버.

근데 어떤 거?

너답다. 그냥 뭐든 해! 뭐든지. 그들을 혼란스럽게 만드는 거. 따끔하게 알게 해 줄 수 있는 방법.

뭘 알게 해 줘?

그가 임무에 착수할 준비를 한다, 오버.

너 위치가 정확히 어디야?

시내. 봉쇄된 지역으로부터 몇 블록 떨어진 곳.

그가 여전히 벤치에 앉아 있다, 오버.

그러면 그리로 가.

어디로?

봉쇄된 지역으로 가.

오케이.

그 장소로 가고 있는 거야?

음.

도착하면 말해. 잠깐만 기다려. 그게 크기가 어떻게……
아니야, 그 사이즈는 스몰(small)이야. 음, 이엑스(ex)라고
되어 있는 태그는 스몰이지. 신사 의류만 빼고. 음. 맞아. 바
보. 지금 어디에 있어?

이제 도착했어.

상황은 어때?

불에 타 버린 차 한 대가 있어. 경찰이 둘러 놓은 파란색과 흰색 줄무늬 진입 금지 테이프가 있어.

경찰이 사방에 있어, 아니면…….

네거리 모퉁이마다.

그러면 아주 간단해. 가장 가까이에 있는 남자 경찰관에게 다가가서…… 그의 성기를 잡아.

내가 왜 그래야……?

에이, 하라니까! 재미있잖아. 앞으로 가서 그의 성기를 잡고는 이렇게 말해: 내가 이럴 줄 알았다니까. 그러고는 도망쳐.

그렇게 하면 얻는 게 뭔데?

입맛을 다실 필요 없지. 네 침대에는 마가목 열매가 없을 거야.

그리고?

넌 뭘 더 원하는데?

네가 올라와서 빨리 방문하는 거.

알았어. 약속할게.

그래서 난 그렇게 했다. 난 발레리아한테 이렇게 말했다: 잠시만 기다려. 그러고는 진입 금지 테이프 가까이 몰래 다가갔는데, 거기에는 거구 경찰 세 명과 마른 체구 경찰 한 명이 서 있었다. 그들이 나를 쳐다보자 나의 시선은 그들의 시선과 마주쳤다. 처음에는 그들에게서 시선을 돌렸다가 바로 그들을 쳐다보며 가까이 다가가서 이렇게 말했다: 안녕하세요, 별일들 없으시죠? 그들은 대답이 없었고, 마른 경찰관만 빼고 전부 내 어깨 너머를 응시했다. 간격이 좁아져서 몇 미터밖에 안 되자 나는 마치 내 신발 끈을 고쳐 묶는 것처럼 아니면 갑자기 배가 아픈 것처럼 상체를 앞으로 수그리면서, 가까이 다가온 마른 경찰관을 올려다보았고, 팔을 뻗어 그의 성기를 움켜쥐면서 이렇게 소리 질렀다: 하하, 난 알고 있었어. 그런 다음 나는 벤치 쪽으로 내달렸고……

뭐라고, 정말 그렇게 했단 말이야?

응, 해냈지!

농담이지?

아니, 농담하는 거 아니야! 해냈다니까! 내가 경찰관에게 다가가서 넘어지는 것처럼 하다가 그의 성기를 잡는 데 성공했지 뭐.

에이, 관둬.

그가 여전히 벤치에 앉아 있다, 오버.

그러면. 언제 올라올 거야?

내가 보기엔 그건 좋은 생각이 아닌 것 같아.

그의 몸이 오그라든다, 오버.

근데 왜?

왜 그런지 너도 알잖아. 난, 난 이제 그만 통화해야 돼.

알았어.

가게 주인이 곧 나오니까 그땐 내가 일하고 있는 것처럼 보여야 하잖아.

수고해.

또 연락하자.

물론이지.

그가 여전히 벤치에 앉아 있다, 오버.

그가 주머니에 핸드폰을 집어넣는다, 오버.

그가 계속해서 벤치에 앉아 있다, 오버.

그가 한쪽 손으로 얼굴을 가린다, 오버.

감시를 끝내도록 허가를 요청한다, 오버.

아니.

우리가 찾고 있는 그자가 아니다, 오버.

아마도 나는 알고 있었는지도 모른다.

현재 시각 13시 42분, 감시는 종료한다. 완전 종료.

일요일이었고 시간을 보니 거의 2시가 되어 가기에 시내에서 벗어나든지 시내에 남아 있든지 어쨌든 나는 벤치에서 일어났는데, 마주쳤던 그 경찰들과 다시 만나지 않기 위해서 길을 돌아가야만 했다. 여행사, 피자 가게를 지나쳐서 중고 가게에 다다르자 나는 멈춰서 그 안으로 들어갔다. 왜냐하면 계산대 뒤에 서 있는 석연치 않은 여자애 때문이었다. 나도 모르겠다. 어쨌든 내가 가게 안으로 들어서자 문에서는 음매 하고 소 울음소리가 들렸다. 몇 초 후에야 깨달았지만 전기로 작동되는 소 울음소리 종이었는데, 음매 하는 소리를 듣고는 깜짝 놀라서 펄쩍 뛰지 않으려고 마음을 진정시키며 이거야말로 정말 재미있는 거라고 할 수 있지 않을까라는 생각을 했다. 내가 만약 내 친구들 같았으면 계산대 뒤에 서 있던 여자애에게 눈길을 주지도 않고 젖소니 우유니 외양간이니 하는 농담들을 해 댔을 텐데. 그리고 여자 계산원은 읽고 있던 신문에서 눈을 떼서 위를 올려다보면서 미소를 지으며 농담에 재빠르게 답했을 텐데. 그렇다. 그렇게 시작되었을 것이다, 빠른 답, 미소, 찰나의 상호 이해. 그리고 내 친구들은 물론 그것을 끝까지 이어 갈 것이며, 계산대로 다가가서 이렇게 말했을 것이다: 아라비아 염소 모피로 만든 긴 분홍색 여성용 목도리를 찾고 있는데 혹시 그런 게 있나요? 그러면 그녀는 신문을 옆으로 밀치면서 이렇게 말한다: 물론이죠, 보여 드릴게요. 그리고 그들은 함께 가게 안쪽으로 깊숙이 들어가 그 목도리가 왜 필요한지에 관해 이렇게 이야기한다: 오늘 저녁에 생일 파티를 할 거거든요. 그런데 혹시 오늘 저녁에 특별한 계획이라도 있는지요, 함께하지 않을래요? 그리고 여자 계산원이 멀리 떨어져 있는 계산대로 시선을 옮기면서, 실제로 계획이 있는데도 그게 더 재미있을 것 같다고 하면 내 친구들은 이름과 전화번호를 따서 그곳을 나왔을 것이다. 하지만 난 이상하게 생긴 옷걸이를 손으로 훑으면서 그냥 바보처럼 서 있었다. 나는 촌스러운 옛날 스쿠터 헬멧을 만지작거리다가, 그만 플라스틱 레몬이 담긴 철제 화분을 넘어뜨리고 말았다. 그러자 그녀는 쳐다보지도 않고 이렇게 소리쳤다: 괜찮아요, 그건 맨날 그렇게 떨어져요. 그냥 놔두세요. 하지만 나는 그냥 놔둘 수 없어서 그것들을 하나하나 주워 들다가 이렇게 말했다: 실례합니다. 그런데 그녀는 대답이 없었고 나는 이렇게 말했다: 실례합니다. 이 레몬들은 얼마예요? 그러자 드디어 그녀가 신문에서 눈을 떼 위를 쳐다보았다: 플라스틱 레몬요? 네. 이거 파는 겁니까? 아니요, 죄송합니다. 할 수 없군요 하고 내가 말했다. 레몬은 결코 잘못된 선택이 아니었다. 그러자 그녀가 죽은 물고기 눈깔을 하고는 나를 쳐다보았다. 내가 바로 밖으로 나가지 않고 가게를 한 바퀴 더 돈 다음에 거리로 나섰기 때문이다. 가게를 나설 때 음매 하는 소 울음소리가 나면서 소 모양 시계 종이 울려 댔다. 나는 소 울음소리에 맞추어 음매 하고 소리를 내고 싶었지만 충동을 억누르며 거리로 나가 시내를 향해 계속해서 내려갔다. 나는 거리를 건넜고, 세븐일레븐에 들어갔다가 커피 한 잔과 사과 하나를 들고 나왔다. 발레리아의 목소리를 지우기 위해서 나는 커피와 사과 그리고 플라스틱 레몬과 음매 하는 소 울음소리를 생각하려고 무진 애를 썼다.

근데 있잖아, 주말에 네 친구들한테 갔었어.

사과에는 내가 떼어 내려고 했던 딱지가 붙어 있었는데, 두 블록을 지나고 나서야 휴지통이 나타났고 거기에다 버릴 수 있었다.

와우, 너네 정말 달라 보이는데.

휴지통을 본 나는 다가가서 드디어 딱지를 떼어 버렸다.

나이 차이가 꽤 많이 나지, 그렇지?

그게…… 그러니까 그게 그런 게 아니라는 사실을 사람들이 보고 생각하도록 나는 가능한 아주 자연스럽게 보이도록 애를 썼다.

응, 그런데 네 친구들은 전혀…… 모르겠어. 자연스러워. 시원시원하고. 사교적이고.

나는 휴지통에 딱지를 버리고는 대수롭지 않다는 듯 계속 길을 갔다.

머릿속에 있는 발레리아의 목소리를 마음에 두지 않았다, 계속해서 길을 갔다, 믿을 만하다는 느낌이 들었다, 진심으로 느껴졌다, 식료품 가게를 지나쳤다, 한국 식당을 지나쳤다, 발레리아한테 전화를 걸어서 표를 예약해 놨으니 그냥 몸만 오라고 말하고 싶었는데, 아마도 그녀는 이렇게 말했을 것이다 :

대체 무슨 소리 하는 거야?

기차표. 내가 표를 준비해 놨어. 네 것도. 완전히 충동적으로.

집으로 와, 몇 시간 후에 중앙 역에서 봐, 알았지? 오늘 저녁이면 우린 함께 시내를 걷게 될 테고 그녀는 내 친구들과 나를 비교하지 않을 거고 우리를 빤히 쳐다보는 어떠한 시선도 없을 것이다. 우리가 서로 어떻게 알게 되었는지 물어보는 사람과 마주하면 함께 폭소를 터뜨렸을 것이다.

○ ○ ○

우리?

우린 오오오오오랜 친구잖아.

아주 오랜 친구는 서로 어떻게 만났는지 정말 기억을 못 하잖아.

맞아, 우린 유치원 때부터 친구였지.

유치원 때부터 친구.

유치원보다도 전에.

젖니가 생겨나고 기저귀를 할 때부터.

젖을 먹고 이름이 새겨진 모자를 쓰고 있을 때부터.

우린 오트밀을 마셨어.

우린 놀이터 모래밭에서 시간을 보냈어.

우린 유아차를 타고 돌아다녔어.

우린 마가목 열매로 장난을 쳤어.

우린 서로의 코딱지를 먹었어.

그렇게 오래전이야?

음, 그렇게 오래전이야.

와우. 그런 다음 어떻게 됐어?

십 대 때 좀 더 복잡해졌지, 왜냐하면 우리 둘 중 하나
가…….

우리는 서로 이름을 부르지 않았어.

우리 둘 중 하나가 사랑을 느끼기 시작했지, 다른 한 사
람은 우정으로 생각했는데.

그리고 그 사람은 포기하지 않았지?

바로 그거야. 그는…… 고집이 셌어. 어떤 사람들은 이렇
게 말했을지도 몰라, 그가…….

귀찮게 졸라 댄다고.

또 어떤 사람들은 그를 피할 수 없는 스토커라고 했을지도 몰라.

하지만 그는 그렇지 않았다. 그저 그는 그녀가 언젠가는 그의 감정을 이해할 거라며 엄청난 열의를 쏟을 뿐이었다.

그녀는 그의 사랑이 각별하게 성숙해 간다는 매우 알쏭달쏭한 의미가 담긴 엽서를 매주 받기 시작했다.

그는 그들이 얼마나 잘 어울리는지를 보여 주는 로마식 막대그래프를 그렸다.

그는 화학식(수학 공식)과 방정식을 쓰고 그가 그녀를 오스뮴이라고 고집스럽게 주장하는 화학 실험에 대해 설명을 했다. 왜냐하면…… 그래, 실제로 왜지?

그 이유는 그녀가 모든 원소 가운데 가장 밀도가 높기 때문이었다. 왜냐하면 그녀는 굴복하는 것을 거부했기 때문이다. 그래서 그녀는 항상 이렇게 말했다:

내가 다른 사람을 사랑한다는 걸 모르냐?

그러면 그는 이렇게 생각했다: 이 말은 언젠가 그녀가 나를 사랑하게 될 수 있다는 의미다.

아니, 나한테 지금 임자가 있다는 말이라고.

그러자 그는 이렇게 생각했다: 임자가 있는 모든 것은 언젠가 주인이 바뀌기 마련이다.

아, 정말 아모르, 이해가 안 가니? 난 널 좋아해. 하지만 그런 의미가 아니야.

그러자 그는 이렇게 생각했다: 그녀가 날 좋아하는구나.

아, 제발, 착한 아모르. 이제 방정식은 그만 보내, 그래프 보내는 것도 그만둬, 그리고 열 받으니까 나를 오스뮴이라고 부르는 것도 그만두란 말이야. 절대 그럴 일 없을 테니까, 이해하지, 이제 내 말 들리지, 내 입술을 봐: 절대 그런 일은 없을 거야!

만약 아니면…….

아니라는 것은 없어! 이제 십구 년이 흘렀잖아, 결코 될 수 없다는 사실을 네 둔한 머리에 좀 새겨 넣을 수 없니?

십팔 년이야.

절대로 일어나지 않을 일에 넌 계속해서 집착하고 있는 거야. 나를 존재하지 않는 사람으로 만들어 버린 그 사랑을, 이제는 바로 네가 끝내야만 해, 나는 존재하지 않아, 너는 나를 고정 관념으로 만들어 났어, 그러는 바람에 상상속에 만들어 놓은 나와 실제의 나는 결코 대응이 안 되는 거야, 알아듣겠어? 너도 이제 네 생활을 해야 하잖아. 이제 내려놔야만 해.

그 후 그들은 더 나이가 들어 버렸다.

여러 해가 지났다.

그는 왕립 공과 대학교에 들어갔다.

그녀는 시내에서 이사를 했다.

그는 나와서 혼자 살았다.

그녀는 아이를 가졌다.

그는 마지막 시험 세 개만 빼고 모두 통과했다.

그녀는 옷 가게에서 파트타임을 시작했다.

하지만 그것도 한시적인 거였다.

모든 게 한시적이었다.

거의 모든 게.

하지만 혹시 그들은 여전히 친구일까?

그래, 그들은 친구 사이다. 그들은 서로 전화를 한다. 그들은 대화를 한다. 그래서 때로는 그들 중 한 사람이…….

누구?

그들 중 한 사람.

누군지 말해 봐.

안 돼, 누군지 말할 수 없어.

그런데 둘 다일 수 있잖아?

아니야, 자기 반응 속도가 극도로 더딘 것 때문에 자신을 질소라고 생각하는 사람은 그들 중 단 한 사람뿐이야. 전화

를 걸어서 이렇게 말하는 사람은 그들 중 단 한 사람뿐이
야: 안녕, 나야.

아모르? 무슨 일 있어?

시간이 됐어.

왜…… 하필 이 시간에 전화를 거니?

창문 밖을 내다봐.

왜?

그냥 밖을 내다봐.

주차장과 야간에는 닫혀 있는 쇼핑센터가 보이는 이쪽저
쪽의 차양을 방금 잠에서 깬 그녀가 모두 걷어 올렸다. 저
쪽 멀리 떨어진 곳. 상향 전조등을 깜빡이는 자동차 한 대.

그리고 그들 중 한 사람이 이렇게 말한다 :

너 완전히 돈 거 아니야?

그러자 다른 사람이 이렇게 말한다: 지금 여기에 와 있

어. 너를 태워 가려고 온 거야. 이제 떠나자. 걔네들 다 엿 먹
으라 그래.

걔네들이 누군데?

전부. 길을 떠나서 하루, 두 주, 석 달이 지나 우리가 도착
하면 우리 둘 다 알게 될 거야. 이곳이, 바로 이 장소가 우리
를 위한 곳이라는 사실을 갑작스레 느끼게 될 거야.

그들은 몇 분간 조용해졌다.

그러자 그들 중 한 사람이 이렇게 말한다 :

이봐. 이제 난 다시 잘 거야.

하지만 난 여기 밖에 서 있는데.

응, 나도 보여. 하지만 이제 난 다시 잘 거야. 그러니까 넌
네 집으로 돌아가.

하지만.

며칠 후 우리 만나서 이야기 나누자고, 그때 이 일을 거
론할 필요는 없을 테지만, 다음 주에 다시 이야기를 나누자

고. 물론 그때도 우리, 이 일에 대해서는 거론하지 말자고.

그러자 그들 중 한 사람이 수화기를 내려놓고, 밖에 있는 다른 사람은 샤비에게서 빌린 차에 앉아 있다. 자동차는 빨간색이고 녹이 많이 슬어 있다. 기어를 3단에 놓으면 모터에서 끼리릭거리는 소리가 들렸지만 2단에서 4단으로 바로 바꾸면 자동차는 별 무리 없이 잘 나갔다. 그는 수화기를 귀에 대고 그곳에 앉아서 여전히 전화를 끊지 않고 이렇게 생각한다: 다시 전화하지 뭐. 그는 이렇게 생각한다: 그녀는 잠에서 덜 깬 것 같던데. 그는 이렇게 생각한다: 나 혼자 가지 뭐. 하지만 난 사실 그녀가 필요하지 않아, 왜 꼭 그녀가 나처럼 그래야 하는 거야. 그는 이렇게 생각한다: 꽤 늦었거나 실제로 너무 이른 시각이어서. 그는 전화를 급하게 끊고 나서 시동을 걸었는데 이번에는 바로 시동이 걸렸고 그는 주차장을 돌아 나왔다. 뒷좌석에는 싸 온 음식이 놓여 있었고 트렁크에는 짐이 들어 있었다. 그는 그의 계산이 어떻게 잘못된 것인지 궁금했다. 대체 무엇이 제대로 작동되지 않았을까, 방정식 중 어떤 부분이 맞지 않았던 걸까, 그가 고속도로로 진입했을 때, 자동차 핸들이 마구 흔들리고 도로의 흰 선이 물웅덩이처럼 흘러내려 하는 수 없이 그는 도로변에 차를 멈출 수밖에 없었다. 그러고는 이렇게 생각했다: 아직 끝나지 않았어. 그는 생각한다: 나는 집에 갈 필요가 없어. 그는 생각한다: 나는 어디든 갈 수 있어, 하지만 이후 그는 북쪽으로 방향을 틀어 집에 도달해서, 대문 입구에서 몇 미터 떨어지지 않은 곳에 주차할 좋은 자리를 발견하고는, 집에 돌아와서 부엌으로 들어가 싸 갔던 음식을 꺼낸다. 빵은 축축하게 젖어 있고 오이 조각은 늘어져 버렸지만 보온병 커피는 여전히 따뜻하니까 이제 나는 샌드위치를 만들 필요가 없을 거야라고 그는 생각한다. 그런 다음 그는 하루 온종일 공부를 하고 그런 다음 하루 더 공부를 하고 도서관에 갔다가 집에 돌아왔다가 도서관에 갔다가 집에 돌아왔다가 이따금 커피를 마시다가 그 여자애에게 인사를 하지만 사실 대부분 인사를 건네지 않는다. 그리고 그는 계속해서 자신의 인생을 산다. 가끔 발레리아한테 전화를 걸어서 이제 그 일은 잊었으며, 계속해서 잘 살아가고 있다고 이야기하는 게 좋을 것 같다는 생각을 한다. 그가 해야 할 일은 핸드폰을 들고 그녀 번호를 누르는 게 전부다. 바로 그가 원할 때, 그에게 전화기가 준비되어 있을 때만 바로 그렇게⋯⋯.

여보세요? 나야!

샤비의 이름이 화면에 뜬다.

받아! 별일 없어?

나는 주머니에 핸드폰을 쑤셔 넣고는 늘 그렇지 뭐 하고 생각한다. 난 늘 그렇지 뭐.

나는 내 형제들에게 전화를 걸어 이야기한다: 내가 말한 것 전부 잊어버려. 제기랄, 자기들이나 침묵하라 그래, 제기랄, 자기들이나 숨으라고 해! 조용히 할 필요도 없어! 숨을 필요도 없어! 아무런 특징이 없는 너희 옷을 네온 색깔 도롱이 스커트로 바꿔 입어. 반짝거리는 크리스마스 장식 구슬로 몸을 치장해. 야광으로 얼굴을 칠해.

호루라기를 불어, 확성기에 대고 고함을 쳐. 쇼핑센터를 점령해, 시위대 제일 앞에 서 있어. 배에다가는 검정색 기괴한 글씨로 PC for life(죽을 때까지 정치적 공정함)라고 문신을 해. 반대 세력이 있다는 사실을 그들이 알 때까지 최대한 노출이 되도록 해. 목소리가 나오지 않을 때까지 바보가 될 바보들의 권리를 지켜. 너희가 죽을 때까지. 그들이 짐작하는 것처럼, 우리는 그들이 아니라는 사실을 그들이 알아들을 때까지. 왜냐하면 우리는 그들하고는 다르니까. 허위로 가득 찬 과거로 돌아가고 싶은 생각은 없어. 시곗바늘을 되돌릴 수 없었던 고정 관념의 경계가 무너져 내린 미래를 향해 우리는 자랑스러운 발걸음을 내디딜 거야!

스스로 반복해 :

우리는 두렵지 않아.

무, 무, 물론 두렵지 않지?

카롤리나

나는 시내 쪽으로 다시 돌아왔다, 거리를 건넜다, 해를 향해 소변을 보기도 했다, 나는 평범한 사람이었다, 아무래도 나는 참고 견디는 것도 잘 못했다, 아무도 나를 주시하지 않았으며, 나는 이런 생각을 했다, 나는 그냥 어떤…….

여보세요?

내 핸드폰에 모르는 번호로 전화가 걸려 왔는데 나는 발레리아라고 생각해서 전화를 받았다.

카롤리나라고 해요.

발레리아다, 그녀는 사과를 하고 싶어 했으며, 처음부터 다시 시작하길 원했고, 집으로 이사하고 싶어 했다.

카롤리나라고 해요. 동물 보호 협회인 '동물의 권리'에서 전화를 드리는 거예요.

그런데 발레리아 말고 다른 사람이었다.

세상의 동물들을 위해서 몇 분만 시간을 내주시겠어요?

나는 지금 바쁘다고 했다.

알겠습니다. 그러면 나중에 다시 전화 드려도 될까요?

나는 관심이 없다고 말했다.

그런데 제가 십 분 후에 다시 전화해도 될까요? 그렇게 할까요?

물론이죠라고 말하고는 나는 쇼핑센터를 향해 가던 길을 계속 갔다, 카페에는 많은 사람들이 앉아 있었으며 중앙 통로에서는 아이들이 뛰어놀고 있었고, 초콜릿 가게 앞에는 줄이 길게 늘어서 있었고, 모든 게 평상시처럼 계속되었으며, 모든 게 여느 때와 똑같았다. 사고 난 자동차가 견인되었으며, 보도는 깨끗이 청소되었고, 사람들은 커피를 마셨으며, 마사린*을 주문했고, 어딘가를 응시하고 있었으며,

나는 위층으로 올라가는 에스컬레이터를 타고 있었고, 안으로 들어갔는데, 들어가기 전 바로 그 순간에는 있었지만 지금은 보상 청구 접수대를 밖으로 옮기고 있는 모습을 안쪽에서 처음으로 발견했는데, 출입문을 통해서 살짝 빠져나가는 대신 상점 전체를 통과해서 계산대를 통해 밖으로 나갔다가, 아무도 나를 보고 내가 ……를 지니고 있는지 의심하지 않게 하기 위해 한 바퀴를 돌고 다시 돌아왔다. 나는 대기 번호표를 한 장 들고는 벤치에 앉아서 내 차례를 기다렸는데 계산대 뒤에는 금발 여자애와 남자가 한 명 있었다. 그 남자는 우리 형제들 가운데 한 사람이었다. 우린 서로 잘 몰랐는데도 그런 것 때문에 그에게 희망을 걸었다. 나는 배낭을 가슴에 품고 벤치에 앉아 있었고 내가 들고 있던 번호 차례가 되자 우리 시선이 서로 마주쳤는데, 실제로 휴식을 취하려고 가는 길이었는데도 그가 내게 윙크를 해 보였다.

바쁠 것 없어. 한 번 건너뛰지 뭐.

그 여자애는 다른 손님을 받았고 그다음 나는 내 형제일 수도 있었던 그에게로 다가가서 내가 이해했다는 것을 그가 이해했다고 내가 이해한 것을 그가 이해했을 거였기 때문에 그를 향해 윙크를 했다. 그럼 어떻게 되는 거지?

* 양과자의 일종.

실례해도 될까요?

왓츠 업? 어때요? 별일 없나요?

물론 아주 좋아요. 어때요?

좋아요 하고 나는 대답했다. 쿨. 모든 게 편안해. 다 제대로 굴러가고 있어. 이봐요. 한 가지 보상을 청구할 게 있어서 말이죠. 나는 배낭을 열어서 비닐을 벗기고는 먼지를 불어 낸 다음 드릴 날을 그에게 보여 주었고 그는 이마를 찌푸리며 그것을 받아 뒤집어서 무슨 문제가 있는지 알아보려고 하는 것처럼 돌렸다. 비록 그의 입술이 꽉 닫혀 있긴 했지만 입가에는 미소 같은 것이 엿보였다. 그는 미소를 지었다. 그는 속으로 조소를 보내고 있었고 나는 침착해지려고 애를 썼다. 몇 달 전에 똑같은 문제로 왔었는데 그때 그것을 바로 교환해 줬거든요……. 나는 호감을 보이려고 애를 썼다. 그는 계속해서 드릴 날을 쳐다보았다. 마치 비밀 코드를 찾기라도 하는 것처럼 돌려 보고 뒤집어 보았다. 들어서 불을 향해 비춰 보기도 했다. 그는 영수증을 살펴보았다. 그리고 그의 동료와 시선이 마주치자 그의 입술에는 아까와 같은 미소가 다시 떠올랐다. 나는 앞으로 몸을 기울여 이렇게 소리치고 싶었다: 이 자식아, 그만 미소 지어, 엿 같이 웃어 대지 마, 내가 마치 네 친구가 아닌 것처럼 연극하는 것도 그만둬.

보아하니. 흠. 이건 꽤. 잘 사용했네요. 말하자면.

네, 어떤지 아는군요.

한 가지 물어볼게요. 그러니까…… 이거 가지고 뭘 한 거죠?

내가 아니라 내 친척인데 말이죠. 집을 지으려고, 좀 더 자세히 말하면 여름 별장 지을 때 썼죠 뭐. 어떤지 알잖아요. 가족끼리는.

하지만 이 드릴 날은 가정용으로 제작된 거예요. 그러니까 무슨 말이냐 하면, 그래요, 간단하게 말해서 이건 집에서 사용해야 하는 거예요. 집 안. 책장을 세우고, 욕실 장에 나사를 죌 때 말이죠. 그러니까 이건 집을 짓는 데 사용하는 물건이 아니에요.

여름 별장이라니까요.

어떻게 생각해요?

그는 드릴 날을 자신의 동료에게 보여 주었고 그녀는 영수증조차 보지 않고 머리를 약간 갸웃거렸으며 그가 다시 내 쪽으로 몸을 돌렸다.

우리 가게는 손님에게 매우 너그럽지만 이 경우에는 유감스럽게도…… 좀 어려울 것 같아요.

친절하게 대해 주려고 하는 것 같았지만, 그는 사실 속으로 빌어먹을 배신자처럼 웃어 대고 있었다.

이렇게 돼서 유감스럽지만 그래도 비용을 지불하려고 하는 손님이니까, 우리는…….

그가 말하는 도중에 내 핸드폰이 다시 울렸는데, 발레리아에게서 온 전화라는 것을 확신한 나는 공중에 손가락을 하나 세워 보이고는 전화를 받았다.

네, 안녕하세요, 다시 전화했어요, 카롤리나예요.

계산대 뒤 남자는 계속해서 교환 기간과 교환할 수 있는 권리 그리고 소비자 구매법에 관해서 이야기하고 있었다.

그렇다, '동물의 권리'라는 단체의 카롤리나에게서 다시 걸려 온 전화였다.

게다가 우리가 이미 손님을 한 번 도와줬던 걸 분명히 기억해요.

여전히 나는 바빠요.

그러면 십 분 후에 다시 걸게요.

하지만 만약에 원한다면 보스에게 다시 확인해 볼 수는 있어요.

그가 카운터에 드릴 날을 남겨 두고 창고 안으로 사라져 버렸기 때문에 이미 끝나 버린 일이라고 짐작을 했지만, 네, 그래 준다면 정말 좋겠어요 하고 말하고는 카롤리나의 전화를 끊고 사내를 향해 고개를 끄덕였다. 그리고 나는 카운터에 남아 있었고 그의 동료가 나를 쳐다보더니 한숨을 쉬었으며 다음 순서를 기다리던 다른 사람들이 고개를 가로저었다. 나는 조용히 서서 이렇게 중얼거렸다: 지난번엔 아무 문제도 없었어, 그때 난 영수증만 보여 주었는데. 그리고 몇 분 후 그가 다시 돌아왔는데 마치 형제를 배신하려는 사람처럼 행동했기 때문에 안 되겠구나 하며 나는 먼 곳을 쳐다보았다.

유감스럽지만 안 되겠어요. 방금 매니저하고 이야기했는데…… 유감입니다. 이 문제를 도와줄 수가 없네요.

그러면 그런 드릴 날을 따로 살 수는 없는 건가요?

○ ○ ○

어떤 거 말이죠?

드릴 날. 아니면 드릴 축. 아니면 뭐더라? 아무튼 그런 거 따로 살 수는 없나요?

확인해 볼 수는 있는데 아마도 우린…… 안 될 것 같습니다. 아니, 유감스러운데 그것만 따로 팔지는 않아요. 하지만 아마도 제조업자에게 직접 주문할 수 있을 거예요.

하지만…… 내가 해결할 거라고 가족에게 약속했거든요. 나는 상체를 앞으로 기울여서 이렇게 속삭였다: 약간 긴급 상황이에요. 예외로 좀 해 줄 수 없어요? 이봐요, 형제, 한 번만 해 줘요! 인심 좀 써 봐요.

나를 뭐라고 불렀죠?

나는 조용히 서 있었다.

추천드리고 싶은 것은 같은 모델 드릴을 새로 사는 겁니다. 커튼 봉 선반 바로 오른쪽에 있는 K54 선반에서 찾을 수 있을 거예요.

하지만.

다른 거라도?

나는 뭐라고 말해야 할지 몰랐다.

다른 거라도?

근데 내가 그런 거 아니에요.

고맙습니다.

나는 나하고 닮았던 사람이 고맙다고 하고는 배낭에 드릴 날과 먼지가 많이 낀 보호대를 어떻게 주워 담는지 보았고 다시 상점 안으로 들어갔다. 칼은 뒷주머니에 있었으며, 커튼 봉들이 있는 곳을 지나 오른쪽으로 돌자 K54 선반이 눈에 들어왔다. 나는 가격표를 확인하고는 드릴을 들고 계산대로 가서 줄을 섰다. 금발 아이 두 명이 내 앞에 서서 비스듬히 나를 쳐다보고 있었는데, 겁에 질려 있었다. 사실 그들은 아이스크림을 먹으면서 웃고 있었지만 마음속으로는 나를 마치 ……인 것처럼 보았다. 아이스크림을 먹던 아이들의 아버지가 마침 돈을 지불하려고 할 때 나는 내 핸드폰을 집어 들고 이렇게 말했다: 네, 여보세요? 뭐라고? 샤비! 무슨 일이야? 뭐? 무슨 일이 일어난 거야? 지금 거기에 있는 거야? 구급차는 불렀어? 그러자 사람들이 쳐다보고는 옆으로 비켜섰다. 그리고 나는 포장지가 들어 있는 바구니에서 드릴을 꺼내 놓고 재빨리 출구로 향하며 이렇게 고함을 질렀다: 샤비! 어디야? 내가 택시로 그리 갈게! 침착해, 괜찮을 거야, 다 잘될 거야, 들리지, 내가 곧 거기 도착할 거야, 가는 중이야! 나는 계속 얘기하면서 에스컬레이터를 타고 거리로 내려갔다: 응, 나왔어, 들려? 이제 들려? 내 수신 상태가 좀 안 좋은 것 같은데. 응, 이제 들려, 나 지금 시내에 있거든, 드릴 날에 보상 청구를 하려고 했는데 제기랄, 카운터 뒤에 있던 개자식 때문에 완전히 망쳐 버렸어. 지금은 내가 뭘 해야 할지 모르겠어. 상점에서 나와서 지금은 밖이기 때문에 계속 통화하게 될지도 몰라, 어쨌든 아무도 내가 얘기하는 걸 듣지 못할 테니까. 지금 가짜로 통화하고 있다는 사실을 아무도 모를 거야, 그러니까 뭐든지 말할 수 있어. 내가 거리로 나왔을 때 귀에 수화기를 대고 있었는데, 바로 그때 정말로 전화벨이 울린 거야.

네, 여보세요, 다시 카롤리나예요. 아모르 씨세요? '동물의 권리'라는 단체에서 일하는 카롤리나입니다. 세상 동물들을 위해서 일 분만 시간을 내주실 수 있나요? 혹시 '동물의 권리'라는 단체에 대해서 들어 본 적 있는지요?

들어봤어요, 당신한테 들었어요.. 나는 걷기 시작했다.

우리는 약 3만 5000명이 가입된, 스웨덴에서 가장 큰 동물 권리 보호 단체예요.

나는 속도를 올렸다.

인간과 같이 동물은 감정을 지닌 존재며 이러한 관심과 필요가 충족되어야 한다고 우리는 생각해요.

나는 교회를 지나쳐 갔다.

동물이 상품으로, 독단적으로 자신만을 위해 이용하려는 사람들을 위한 존재로 여겨지는 것을 우리는 절대로 받아들일 수 없어요.

나는 왕의 동상을 지나쳤다.

'동물의 권리'는 이 사회에서 동물의 목소리가 되고 싶고 그들의 권리를 보호하고 싶어 합니다.

나는 뛰기 시작했다.

우리는 법적인 테두리 안에서만 일을 합니다.

나는 자전거 도로를 건넜다.

우리의 목표는, 동물을 억압하지 않는 사회입니다.

버스가 경적을 울렸다.

이제 제가 당신한테 왜 전화했는지 궁금하시죠?

나는 골목으로 들어가 멈추었다.

만약 좁은 닭장, 오랜 시간 동물을 운송하는 일, 그리고 고통스러운 동물 실험 같은 것을 없애고 싶다면 '동물의 권리'라는 단체에 가입하실 수 있습니다.

나는 근데요 하고 말하고는 숨을 헐떡거리지 않으려고 애썼다. 그녀는 보고 읽는 것을 계속했다.

네 발을 지녔건, 날개가 달렸건, 비늘이 있건, 아니면 털이 있건 간에 개개의 생명의 고유함에 대해 모두가 존중받아야 한다고 우리는 생각합니다.

당신이 거짓말하고 있다는 것을 내가 모를 것 같아요?

그러니까 당신한테 드리는 질문은 아주 간단해요 혹시 가입할 생각이 있으신지……?

당신이 거짓말하고 있다는 거 다 알아요! 드디어 그녀가
조용해졌다.

나는, 잘 모르겠지만, 나는…….

당신 이름이 뭐라고 했지요, 뭐라 그랬어요? 카롤리나?
카-롤-리나? 물론 당신 이름이 카롤리나는 아니겠지요.

네, 그래요.

고향이 어디에요?

뭐라고요? '동물의 권리'라는 단체에서 전화 드리는 거에
요. 스웨덴에서 가장 큰…….

그런데 이름은 뭐에요?

저요? 카롤리나요.

아니, 카롤리나가 아니잖아요. 당신이 거짓말하고 있다
는 거 알아요. 다 알아요. 어서요. 당신 이름이 뭔지 말해 봐
요. 정말로 당신 이름이 뭔지 말해 봐요.

무슨 말이에요?

뭔가 꿍꿍이가 있다는 걸 당신 목소리에서 다 알 수 있어요. 당신 뭐예요?

당신 제정신이에요? 내 이름은 카롤리나라니까요. 왜 내 이름이 카롤리나일 수 없나요?

우리는 잠시 침묵했다. 헐떡거림이 이제 좀 진정되었다. 골목은 텅 비어 있었다. 벽은 노란색이었다. 나는 전화를 끊고 싶었지만 이런 말을 내뱉고 있었다: 만약에 당신 이름을 제대로 말해 준다면 등록하기로 약속하지요. 그녀는 대답이 없었고 나는 이렇게 계속해서 말했다: 말해 봐요, 이제. 이름이 뭐예요? 아피아 마랄? 나는 기다렸다. 오메라? 라니? 여보세요? 아직 듣고 있어요?

만약 내 이름이 다르다면 월 기부자로 등록할 거라는 말씀인가요?

그냥 진짜 이름을 말하세요.

내 이름은…… 골바리.

난 알고 있었어요.

하지만 내 이름은 카롤리나이기도 해요. 그러니까……
네. 아시잖아요.

당연하죠. 알고말고요.

우리를 지원하는 것에 관심 있다고 말씀하셨지요?

다른 모든 사람들처럼 똑같이 거짓 연기를 펼치고 있다
는 것 알아요.

뭐라고요?

다른 모든 사람들처럼 똑같이 연기를 하고 있는데 언젠
가 걸릴 날이 있을 거예요.

지금 저하고 말씀하고 계신 거예요?

난 맹세해. 너희같이 비겁한 사람들은 모두 색깔을 고백
하지 않고 스며들어 갈 수 있다고 생각하잖아. 너희를 심판
하는 날이 올 거야, 기다려 봐. 너희를 박살 내고 말 거야,
알아들었어? 너희를 동물보다도 더 잔혹하게 다뤄 줄 테니
까. 개한테 하는 것처럼 너희에게 총을 쏠 거야, 고양이처
럼 너희 가죽을 벗겨 줄 거야, 물개처럼 곤봉으로 때려 줄
거야, 그렇게 할 거야, 난 말이야, 난 말이야, 너희를 바퀴벌

레처럼 밟아 줄 거야. 그리고 밍크처럼 밀어 줄 거야, 그리고……

잠깐만요. 난 당신 목소리를 알아요.

생각보다 간단하지. 유기체적 과산화수소나 흑색 화약 중 하나를 취하겠지, 아니면……

성은 뭐예요?

……질산섬유소. 만약에 그에 대해 안다면. 아니면 염소산염과 설탕을 섞을 수 있지. 그러면 제대로 굉음이 나.

마리아 학교를 다닌 것 맞지요, 그렇죠? 샤비를 알죠, 그죠?

나는 완전히 얼어붙어 있다가 달음박질쳤다. 한 마리 새가 지붕에서 날아오르더니 성을 향해 사라져 버렸다. 지나가는 사람이 아무도 없었다. 나를 본 사람은 아무도 없었다.

이런. 완전히 조용해졌네? 아모르, 거기 있어? 나는 널 기억해. 네가 같은 반 여자애를 스토킹했던 것 기억나, 그 여자애가……

나는 전화를 끊었다, 날이 어두컴컴해지기 시작했다. '동물의 권리'라는 단체에서 누군가 전화를 잘못 걸었다. 그녀는 다른 사람을 나로 착각했다. 그녀는 나를 친구들 중 한 사람으로 생각했다. 날이 저물기 시작했다. 지극히 평범한 일요일이었다. 특별한 일은 일어나지 않았다. 나는 전철역을 향해 걸어갔다. 나는 내 핸드폰을 확인했다. 놓쳐 버린 통화는 없었다, 사실 두 개 있었는데, 모두 샤비에게서 온 전화였다.

후후후후후후후? 아모르! 전화 줘. 무슨 일 있는 거야? 왜 전화가 없는 거야? 무슨 일이라도 있는 건 아니지?

아니라고 생각했다. 아무 일도 일어나지 않았다. 아직은.

나는 내 형제들에게 전화를 걸어서 속삭인다: 알았어. 인정할게. 나였어.

뭐가 넌데?

그러니까 그건 바로 나였어…… 그 자동차. 폭발.

대체 무슨 소리를 하는 거야? 네가 아니라는 게 확실해.

아니야, 나였어.

그런데…… 아니야, 네가 아니었어. 우린 알아, 네가 아니라는 걸.

아니야, 나인 게 틀림없어. 모든 게 그런 조짐을 보이는 것 같아. 나였어.

아니야, 너 자신이 무슨 소리를 하는지 귀 기울이지 마. 네가 아니었어.

하지만 마치 그게 나였던 것 같다는 느낌이 들어.

그런데 그렇지 않아.

너희, 확신할 수 있어? 그게 내가 아니라고 100퍼센트 확신할 수 있냔 말이야?

튀라

그런 다음 밤이 되었고 나는 곧 집에 가 있어야만 했다, 나는 전철역을 향해 걸었다, 쇼윈도 앞에 서서 흔들거리는 사람을 보았다, 그는 감자튀김 포장을 마치 병아리라도 되는 것처럼 손에 들고 있었다, 그는 알아들을 수 없는 말을 중얼거리고 있었다, 나는 계속해서 길을 갔다, 집에 가는 길이었다, 내가 경찰차를 보았을 때 이미 나는 전철역에 거의 도착해 있었다. 시선을 피하기 위해서 경찰차 사이렌을 끈 상태였지만 심상치 않은 일이 벌어지고 있음을 짐작할 수 있었다. 경찰 한 명은 머리를 어깨 쪽으로 돌리고는 몰래 지원 요청을 하고 있었고, 또 다른 경찰관은 권총 지갑에 손을 천천히 집어넣었으며, 그들이 붙잡은 한 남자는 다리 난간 쪽으로 몰린 채 옴짝달싹 못하고 있었다. 경찰이 권총 지갑에 손을 집어넣자 그 남자는 두려운 표정을 지었고 그 남자의 시선은 나의 시선과 마주쳤다. 나는 그의 머리색을

보며 이렇게 생각했다: 이걸로 충분해. 그래서 나는 가까이 다가갔다, 나의 걸음은 납이었고, 나의 눈은 네온이었고, 나의 팔은 비소였다. 그리고 경찰들이 등지고 서 있는 그 남자는 궁지에 몰려 있었다. 그는 나의 형제였다, 그는 나의 도움이 필요했다, 그들은 그를 체포하려 할 것이다, 그들은 강제로 그 남자를 차에서 끌어낼 것이다, 차 경고등이 깜빡이고 있었고, 경찰차에는 불이 꺼져 있었고, 그의 자동차에는 불이 켜져 있었다, 그들은 그의 차 번호판을 보았다, 그들은 마약이나 밀수 아니면 시체라고 의심했다, 그들이 지원을 요청하려고 전화를 걸자 곧 개들을 데려왔고 그들은 방탄조끼를 입고 있었으며 면갑을 쓰고 있었고 말과 헬리콥터 그리고 곤봉들과 최루가스도 있었다. 그래서 나는 가까이 다가갔는데, 단순히 말대꾸했다는 것 때문에 호우다의 사촌에게 달려들어 그를 곤봉으로 피가 흘러내릴 정도로 때렸던 경찰과, 나심의 얇은 다리를 부러뜨리고 나서 그를 공무 집행 방해로 고소했던 경비원이 기억났다. 마리벨의 여동생은 솔 클럽에 입장하지 못하게 되자 차별이라고 소리를 질러 대기 시작했고 경비들이 경찰에게 전화를 걸었으며, 비록 그때까지 살면서 마리화나를 피워 본 적이 없었는데도 경찰들은 그녀 핸드백에서 마리화나 봉지를 발견했다. 그녀는 너무 어렸고 마리화나가 단순히 잔디처럼 보였으며 이끼보다도 작다고 생각했기 때문에 경찰이 그것을 끄집어 냈을 때 그게 마리화나라는 사실조차 몰랐다는 것을 굳이 말할 필요도 없을 정도였다, 그래서 그녀는 이렇게 말하면서 자리를 피하려고 했다: 그건 잔디가 아니라 이 끼예요. 그러자 경찰은 그녀가 아주 멍청하다는 듯 그녀를 쳐다보았고, 오랜 시간이 지난 후 그녀가 집으로 발송된 판결을 봉투로 받아 든 후에야, 그녀가 벌금을 지불하고 난 후에야, 다음 회사 고용주가 그녀의 벌금 경력을 요구한 것에 긴장하게 된 후에야 비로소, 그녀에게 가장 최악은 그게 그녀 것이 아니라고 설명하려고 했을 때 그들이 그녀에게 보낸 시선이었다고 말했다, 그녀는 모함에 빠졌다고 말했다, 모든 게 거짓이었다고 말했다, 왜냐하면 그들이 미소를 지으면서 확인해 보려고 이렇게 말했던 것이다: 물론 우리도 알지만 그걸로 무얼 할 건데? 그걸로 정말 뭘 할 건지 말하렴? 그리고 나는 다른 보통 사람들과 알렘 그리고 수영 구조원과 아프베리에트가 기억 나서 경찰들에게 더 가까이 다가갔다, 그들은 그 남자를 에워쌌다, 그는 말할 수 없었다, 그는 격렬하게 손짓 발짓을 해 댔다, 그는 자신의 인생이 두려웠다, 자동차 문이 열려 있었고 그의 가족은 그 안에 앉아 있었으며, 엄마와 아이의 윤곽이 어렴풋이 보였다, 가로등과 광고판 영상들 그리고 하늘의 별들, 엄마는 밖으로 나오려던 중이었다, 아스팔트에 디딘 한 발, 그는 돕고 싶어 했다, 그는 설명하고 싶었다, 그는 보호하고 싶었지만 내가 이미 도착했기 때문에 그럴 필요가 없었다, 나는 리튬처럼 가벼웠다, 나는 인처럼 혼자서도 불이 붙었다, 나는 주머니에 손을 넣고 있었다, 나는 칼을 꺼내 들었다, 칼 무게가 느껴졌고 팔뚝 아래 칼날을 숨겼다. 첫 번째 경찰은 조금도

피할 틈이 없었다, 칼로 그의 등을 찌르자 두 번째 경찰이 자기 무기에 손을 뻗었지만 반쯤 도달했을 때 이미 내 칼이 그의 배에 구멍을 냈고 급기야 그곳에서 피가 넘쳐 흘러내렸다. 다리가 구부러져 무릎을 꿇었고 경찰견들이 달려오자 나는 개들도 죽였다, 그러고는 기마 순찰대가 왔다. 나는 그를 둘로 갈라 버렸다, 그러자 헬리콥터가 왔는데, 내가 칼을 프로펠러에 던지자 헬리콥터는 처음에는 천천히 움직이다가 갑자기 칠흑같이 어두운 바닷속으로 빠르게 추락해 버리고 말았다. 바다의 모든 것은 물에 비친 그림자였고 집도 뒤집혀 보였다, 나의 목적을 막 달성하려고 하는데 첫 번째 경찰이 이렇게 말하는 소리가 들렸다: 아니야, 아니야, 전혀 어려운 게 아니야. 그러자 두 번째 경찰이 이렇게 말했다: 그냥 그가 지금 뭐라고 하는지 들어 봐요, 그리고 첫 번째 경찰이 말했다: 곧장 앞으로 가세요, 알았어요? 직진해서 이 다리를 건넌 다음 첫 번째 교차로에서 우회전하면 거리가 나올 거예요, 그러면 그 거리를 따라가면 돼요, 오케이? 그 거리를 따라서 계속 가요, 가다가, 가다가 보면 로터리가 나올 거예요, 그러면 고속도로 표지판을 보게 될 거예요, 그러자 그 남자가 말했다: 우회전 다음에 직진요, 오케이. 이제 알겠어요? 그러길 바라요, 고마워요, 그리고 아빠가 자동차로 돌아가서 차 문을 닫자 전등이 꺼졌고 경찰들은 서로를 쳐다보며 미소를 짓고 고개를 흔들다가, 멀리 다리 저편에서 이상하게 서서 울고 있는 남자를 보게 되었다, 그들은 그 남자에게로 다가가서 이렇게 말했다: 이봐요, 안녕하세요, 별일 없어요? 그러자 그 남자는 대답하기를 거부했다, 그는 대답하지 않으려 했다, 그는 이유 없이 울고 있었다. 그리고 물 아래로 풍덩 하고 무언가 빠졌다, 그가 물에 무언가를 던졌다, 바닥에서 반짝거렸다, 아마도 칼인 것 같았다, 어쩌면 닳아 버린 드릴 날인지도 몰랐다, 그리고 경찰들이 가까이 다가서자 그는 몸을 돌려서 반대 방향으로 달음박질하기 시작했다. 경찰들은 그저 질문을 던지려고 했던 것뿐인데, 그들도 처음에는 천천히 뛰기 시작하다가 점점 빨라졌고 그 남자가 속도를 올리자 경찰이 지원을 요청했다: 지명 수배자와 인상 착의가 유사한 사람이 다리 위에 서 있다, 그러자 경찰 수신기에서는 마치 울부짖듯 큰 소리로 그의 모습에 대해 흘러나왔고 경찰들은 귀 기울여 들으면서 분명히 무언가 숨기려고 했던 그 남자 방향으로 자동차 핸들을 꺾었는데, 그가 바로 나였으며, 나는 이미 다리를 건너 네 블록을 뛰어가서 공원이 나오자 왼쪽으로 방향을 돌려 한 층을 올라갔다가 주차장으로 내려간 다음 야간에도 열려 있는 세븐일레븐 안으로 들어갔다가 반대편 입구로 나와서 곧바로 도시 속으로 종적도 없이 사라져 버렸다, 그가 사라졌다, 그는 마치 숨어 있는 그림자처럼 그늘 속으로 살짝 빠져나가 버렸다, 그는 아스팔트였고, 자전거 도로였고, 보도 모서리였다, 그는 추적을 벗어났으며 핸드폰이 울릴 때도 거의 알아채지 못하다가 나중에서야 알아채고는 두 종류 소금맛 감초 캔디를 얼굴에서 씻어 내고 전화를 받은 다음 이렇게 말했다: 여보세요. 그는 자기 목소리가 너무 평범한 것처럼 들린다고 생각했다. 여보세요 하고 그가 말했다. 여보세요. 누구세요?

네?

여보세요?

네?

외할머니?

네?

안녕하세요, 외할머니, 어떻게 지내세요?

안 좋아.

왜요?

무슨 일이 있었는지 듣지 못했니?

네.

어젯밤에 스콜스타에 있는 주유소에서 난리가 났나 보

더구나.

아니, 저런, 안됐네요.

범인들이 펠트펜으로 쇼윈도에 상스러운 글귀들을 적어 놓고 소화기도 훔쳤다는구나.

저런, 그게 사실이에요?

그래, 사실인 게 분명해. 안 그러면 내가 왜 너한테 얘기하겠니? 스콜스타가 어디 있는지 아니?

아니요.

정말 스콜스타가 어디에 있는지 모른다고?

네, 모르겠어요.

엔쇠핑에서 10킬로미터 정도 떨어진 곳이야.

네.

이제 알겠지.

고마워요.

뭐, 고마워할 필요는 없어. 그리고 스투르만 근처 개인 주택에 강도가 들었다는구나.

저런, 재수가 없네요.

그리고 란드스크로나에서는 안경 가게 주인이 하루 매상을 '어두운 갈색 외투'를 입은 남자한테 전부 도둑맞았다는구나.

그랬군요.

사는 게 쉽지 않아.

네, 쉽지 않아요. 그런데 몸은 좀 어떠세요?

92번 도로에서 트레일러하우스를 단 승용차가 미끄러지면서 굴러 버렸다는구나. 그래도 아무도 다치지는 않았대.

그랬군요, 운이 좋았네요.

그래, 운이 좋았지.

음. 근데 외할머니, 몸은 좀…….

외르토프타 근교에서는 흘러내린 전선 때문에 열차가 지연되고 스톡홀름에서는 자동차 한 대가 폭발하고 보로스 근처 감자 재배 농가에서는 트랙터 바퀴를 네 개 다 도둑맞았다는구나.

네, 그럴 수 있지요.

그래, 그럴 수 있지. 그런데 좋은 뉴스도 몇 개 있단다!

아, 그래요, 거참 잘됐네요.

메르타가 드디어 어제 죽었단다!

그래요, 축하드려요. 근데 메르타가 누구예요?

메르타 한손. 비르케스스티겐에 살았던.

가깝게 지내던 분이세요?

응, 물론. 평생 서로 알고 지냈는데.

와, 잘됐네요!

그녀를 레나르트한테 소개해 줄 거야. 그리고 스틱에게
도. 그리고 이리스 레반데르.

그런데 외할머니.

응?

이리스 레반데르는 살아 있잖아요.

아니. 이리스 레반데르도 죽었어. 두 주 전에 죽었어. 뇌
졸중으로.

거참, 잘됐네요! 그러면 이제 전부들 거기에 있겠네요?

음. 전부 함께. 거의 다. 그런데 우리 손자는 어떻게 지
내니?

잘 지내요. 저는…… 저는. 어떻게 지내세요?

고맙다. 늘 아프지 뭐.

그 고통이 생각했던 것과 비슷한 정도인가요?

아니, 실제로 그렇지는 않은 것 같아. 전혀 그렇지 않아. 우리가 그리스에 갔었던 것과 비슷해. 너 그 여행 기억나니? 카탈로그에서 괜찮아 보였던 호텔을 예약하고 나중에 그곳에 도착하고 보니 방은 아주 이상한 모퉁이에 있었고 수영장은 길 반대편에 있었는데 어떤 것 하나도 우리가 상상했던 것과 비슷하지 않다는 걸 알게 되었었잖아.

근데 수영장은 있어요?

비유한 거야. 하지만 물론 수영장도 있지. 네가 생각할 수 있는 건 모두 다 있어. 오히려 그보다 조금 더 있지.

외할머니, 몇 살이에요?

원하면 바꿀 수 있어.

그러면 외할머니, 오늘은 몇 살이에요?

오늘 아침에 내가 스물두 살이었다면, 고등학교를 막 졸업했고, 하지를 보낸다고 섬에 갔는데 그곳에서 처음 네 외할아버지를 만났어. 점심때쯤이면 나는 쉰다섯 살이니, 자식들이 모두 집을 떠나 이사를 갔고 네 외할아버진 돌아가셨고 나는 처음으로 인생의 자유로움을 느끼지.

그리고 지금 이 순간은요?

지금은 열두 살인 것 같다.

열두 살이면 뭘 할까요?

자위.

외할머니도 참.

근데 뭘⋯⋯ 네가 물었잖아? 바로 그게 내가 유일하게 하는 거야.

내일은 몇 살이 되나요?

그러면 네가 선택하렴. 나는 그렇게 많은 계획을 세우는 일을 해 본 적이 없단다. 그런 건 다 네 외할아버지가 하셨지.

그리운 게 있어요?

그럼, 전부 그립지. 계속해서. 하지만 특별한 이유가 있다면 다시 돌아가서 마치 몸이 있는 것처럼 거리를 돌아다닐 수 있지.

○ ○ ○

특별한 이유라니요?

응, 그러니까 예를 들어 손주들이 필요로 한다면.

그러면 지금 바로 이 순간 여기에 계실 수 있는 건가요?

나는 네 옆에서 하루 종일 돌아다녔단다. 너를 따라 춤 추는 데도 갔었고, 소파에서 네 옆에서 잠을 잤고, 쇼핑센 터에서는 네 손을 꼭 잡고 있었고 너와 함께 뛰어서 다리를 건넜지.

그리고 지금은 여기에 계신 거네요?

지금 나는 여기에 있지.

보고 싶어요.

나도 네가 보고 싶어.

우리가 서로 더 많이 얘기를 나누었으면 좋겠어요.

지금 얘기하고 있잖아.

네, 근데 그거하고 똑같은 건 아니잖아요.

같은 거지 뭐, 아니, 더 낫네.

전 혼자여서 외로워요.

넌 혼자가 아니야.

난 어떡해야 할지 모르겠어요.

이제 집에 가렴. 일어나서 집으로 가는 거야.

우린 지금 어디에 있지요?

지금 시내에 있는 빈 버스 정류장 뒤에 쭈그리고 앉아 있잖아.

왜 이러고 있지요?

나도 모르겠는데.

우리끼리 얘기하고 있는 건가요?

응, 그러고 있지.

사람들이 우리를 쳐다보나요?

응, 그러는구나. 하지만 저 사람들한테 신경 쓰지 마라. 우린 저 사람들이 필요 없으니까. 우린 그저 같이 집으로 가면 돼. 일어나렴.

해 볼게요.

그런데 넌 앉아 있잖아. 사람들이 곧 이상하게 여길 거야, 그들이 와서 우리를 쳐다보며 속삭여 댈 거야, 그들이 안내 데스크에 가서 지적을 할 거야. 이렇게 얘기하겠지, 저쪽에, 저쪽에, 바로 버스 정류장 뒤에 의심 가는 사람들이 앉아 있어요, 그런데 뭔가 제대로 된…… 것 같지 않아요.

일어설게요.

잘했어. 전철역 쪽으로 가렴.

전철역 쪽으로 가고 있어요.

계속 앞으로 가렴, 편의점을 지나서 계속 가렴, 밤이라 문을 닫아 버린 카페가 있는데 그곳도 지나 계속 가렴, 벤치에 누워 있는 노숙자들을 지나서 계속 가렴, 지도를 들고 있는 이탈리아 여행객들을 지나서 계속 가렴, 입구 근처 경비원을 지나 계속 가렴.

그들이 우리를 쳐다봐요.

그들의 시선이 우리에게 상처를 입힐 수는 없어. 그들을 그냥 지나치렴, 아무 일 없다는 듯 걸어, 팔을 앞뒤로 흔들면서, 왼발, 오른발, 왼발, 오른발, 걸어갈 때 아무 생각도 하지 않는 것처럼 자연스럽게 걸어.

해 볼게요.

좋아, 그렇게 계속해.

나는 걸어갔다, 일어서서 버스 정류장을 떠났다, 나는 전철을 향해 걸어 내려갔다, 나는 집에 가는 길이었다, 그렇게 많이 남지 않았다. 나는 잘 해낼 거라는 느낌이 들었다, 난 해낼 거야. 하지만 그때 전화벨이 울렸다.

에이, 친구, 전화 좀 받아!

나는 종료 버튼을 눌렀다. 그러자 그가 다시 전화를 걸었다.

여보세요, 샤비야. 전화받아! 이야기할 게 있어.

나는 종료 버튼을 눌렀고 그가 다시 전화를 걸었다.

여보세요? 무슨 일이야? 내가 하루 종일 전화를 걸었는데 통화가 안 돼?

같은 신호, 같은 번호, 다시 또다시, 그리고 다시.

전화받아!

마침내 나는 핸드폰을 꺼내서 전화를 받았다. 여보세요? 샤비? 들려?

안녕. 별…… 별일 없어?

응, 그렇지 뭐. 좋아. 그런 것 같아. 넌 별일 없어?

응, 좋아. 뭐해?

집에서 뒹굴고 있지 뭐. 폭탄 살인 기도에 대해서 들었어?

응, 미친 짓이지, 뭐.

완전 미친놈이야. 그 일이 일어났을 때 니스의 여동생이 시내에 있었대. 첫 번째 폭발 소리를 들었지만 별 반응을 보이지 않았는데, 걔는 그게 불꽃놀이인 줄 알았나 봐. 저녁 늦어서야 처음으로 그게 뭐였는지 알게 된 거지…….

누가 잡혔어?

모르겠어. 더 들은 게 없어서. 난 저녁 내내 릴란하고 있었어. 니나가 막 저녁 당직을 끝내고 집에 왔거든. 내가 너한테 전화를 몇 번 건 줄 알아?

응, 봤어. 미안해. 난 그저…… 오늘 하루 종일 뭐가 많았어. 정말 엄청나게 할 게 많았거든. 내 사촌이 드릴 날을 보상받게 해 주려고 어쩔 수 없이 매달려 있어야 했고 '동물의 권리'에 참여할지 어떨지에 대해 결정을 내려야 했고 내 친구들한테 닥친 실제적인 일들을 해결해 줘야 했어.

이해해. 근데 몸은 괜찮아?

당연하지. 아주 좋아.

친구들은?

잘 지내지 뭐. 안 그래도 걔네들한테 전화 걸 생각이었는데. 너는 어때?

좋아. 모든 게 편안해. 그냥 어찌 지내나 물어보고 싶었거든.

응, 끝내줘.

훌륭해. 그런데 말이야. 난 이제 릴란을 재워야 해.

릴란은 어때?

뭐?

어…… 어떠냐고?

릴란 말이야? 아주 건강해. 오늘 감자를 처음 먹었어.

와우, 감자를.

음, 아주 컸어.

내 몫까지 좀 안아 줘.

물론이지.

o o o

그 애한테 전해 줘. 절대로 안…….

뭐라고?

에이, 아무것도 아니야.

오케이. 또 연락하자.

물론이지. 잘 지내.

내일 연락하자고.

그러고는 전화를 끊고 손에 핸드폰을 든 채 나는 거기에 서 있었다, 나는 집에 가는 길이었다, 전철 승강장을 향해서 에스컬레이터를 타고 막 내려가려고 했는데, 끊으려고 했는데, 끊을 거라고 생각했지만 이후 무언가 일어났고 나는 샤비의 번호를 눌렀으며 그는 첫 번째 신호에 전화를 받았다.

여보세요? 무슨 일이야?

샤비. 시내로 올 수 없니?

뭐?

우리 시내에서 볼 수 있을까? 시간 있어? 좀 필요한 게 있어…… 볼 수 있으면 좋겠어. 난 시내에 있거든. 중앙역 가까이에.

거기서 뭐해?

난…… 필요할 거라…… 모르겠어. 샤비는 알아들었다. 그가 이해했다는 사실을 그의 목소리를 통해 알 수 있었다.

거기에서 기다려.

뒤편에서 자동차를 여는 소리와 속삭임 그리고 재킷과 지퍼 올리는 소리가 들렸다.

친구, 거기에서 기다려.

바깥문과 계단 통과, 차고 문, 그리고 자동차 경보음.

갈게.

자동차 문과 엔진 그리고 2단에서 4단으로 바뀐 변속기.

가는 중이야.

액셀러레이터와 브레이크, 그리고 경적과 욕.

곧 도착해.

나는 내 형제들에게 전화를 걸어 이야기한다: 방금 아주 미친 일이 일어났어. 집으로 가는 길에 대단히 의심스러운 사람을 봤어. 머리가 검고 예사롭지 않은 커다란 배낭을 메고 있었는데 얼굴은 팔레스타인 숄로 가리고 있었어.

나는 내 형제들에게 전화를 걸어서 이렇게 말한다: 그게 내 모습이라는 걸 알아차리는 데 100분의 1초도 걸리지 않았어.

옮긴이의 말

2011년 열린 서울 국제공연예술제에 케미리의 데뷔 희곡 「침입(Invasion, 2006)」이 초연되었을 때 드라마투르그로 참여한 적이 있다. 아르코 예술극장에서 「침입」 한국 초연이 성공적으로 이루어졌다는 소식과 『몬테코어(Montecore)』의 국내 번역에 대한 소식을 직접 케미리에게 전하고자, 2012년 여름에 스웨덴을 찾았다. 왜소해 보였던 사진 속 케미리는 내가 기대했던 이미지와는 달리 2미터가 넘는 장신이었다. 스톡홀름 시립극장 하늘카페에서 만난 케미리는 아내가 첫 아이를 임신했다는 소식을 내게 전하며, 한국 초연에 와 볼 수 없었던 사정을 설명했다. 내가 그의 두 번째 소설인 『몬테코어』를 번역 중이라는 말을 전하자, 작품과 자신의 가족에 대해 열심히 설명해 주었다. 전기적인 소설이라고는 하지만 작품에 등장하는 아버지는 사진 예술가가 아니라 고등학교 교사라고 했다. 물론 아버지는 튀니지 출신, 어머니는 스웨덴인이고 재활 치료사로 일하며, 실제로 쌍둥이 동생들은 없고 배우인 동생 하마디 케미리(Hamadi Khemiri) 하나뿐이라고 했다. 그의 동생은 왕립극장(Kungliga Dramtiska Teatern) 배우로 아우구스트 스트린드베리(August Strindberg)의 「유령소나타(Spoksonaten)」에서 주인공인 대학생 역을 맡은 유명인이기도 했다. 『몬테코어』에 대한 설명과 작가로서의 삶에 대한 열정적인 이야기를 들을 수 있는 시간이었다. 헤어지기 전 케미리는 곧 집필이 끝나 간다면서, 다음 작품인 『나는 형제들에게 전화를 거네』에 대한 이야기를 들려주었다. 그는 이 작품이 "꿈의 연극(Ett Dromspel)"*이라고 짧게 정의했다.

서울의 명동 거리에 견줄 수 있는 스톡홀름의 드로트닝가탄에서 실제로 있었던 자살 폭탄 테러가 배경이라는 그의 설명에, 그 사건에 대해서는 익히 알고 있었지만, "꿈의 연극"이라는 새로운 작품이 어떤 모습일지 당시엔 그저 막연했다. 게다가 당시에는 『몬테코어』 번역에 집중하고 있었던 터라 새로운 작품 설명보다도 『몬테코어』에 대한 설명에 더 내 귀가 열려 있었던 것 같다.

그렇지만 케미리의 새 작품, 『나는 형제들에게 전화를 거네』는 정말 손에서 뗄 수 없을 정도로 흡입력이 대단했다.

* 스웨덴을 대표하는 작가 아우구스트 스트린드베리(August Strindberg, 1849~1912)가 1902년에 쓴 작품으로 세계 연극의 극작과 공연에 표현주의 혁명을 일으킨 작품으로 평가받고 있다.

이 작품은 케미리의 이전 작품과는 형식이 무척 다른 짧은 이야기다. 마치 공연을 염두에 두고 쓴 소설 같다는 느낌이 들 정도다. 집필을 마치는 대로 공연을 준비할 거라는 케미리의 설명도 들었는데, 소설이 출간되고 나서 실제로 말뫼 시립극장에서 연출가 파르나스 아르바비(Farnaz Arbabi)에 의해 2013년 1월 18일에 초연되었다. 이후에 왕립순회극단(Riksteatern)과 함께 순회공연을 했고, 2013년 10월에 스톡홀름 시립극장에서 다시 제작한 공연이 2014년 스웨덴 국영 텔레비전 방송국에서 녹화되어 스웨덴 전국에 방송되었다.

케미리가 설명했던 것처럼 이 작품은 2010년 12월 11일 시내 중심가 쇼핑 거리인 스톡홀름의 드로트닝가탄에서 발생했던 타이무르 압둘와하브(Taimour Abdulwahab)라는 남성의 자살 폭탄 테러를 배경으로 한다. 폭탄을 채워 놓았던 압둘와하브의 자동차가 먼저 폭발을 일으켰고, 이 때문에 크리스마스 시즌으로 붐비던 시내가 아수라장이 된 뒤였다. 압둘와하브는 폭탄을 넣은 백팩을 메고 배에 폭탄을 두른 채 백화점과 상점이 운집한 시내 중심가를 뛰어가던 중이었다. 그런데 손에 쥐고 있던 압축 폭탄이 먼저 터져 버리면서 두 부상자와 함께 압둘와하브는 생명을 잃고 말았다. 200년 넘게 어떠한 전쟁과 분쟁도 겪지 않은 중립국으로 우리에게 잘 알려진 스웨덴의 이미지와는 달리 이러한 테러 사건은 다소 낯설게 느껴진다.

주인공인 아모르는 친구 샤비로부터 자살 폭탄 테러 소

식을 접한 후, 사건 발생 장소를 찾아간다. 아모르는 실제로 이 사건과 아무런 관련이 없지만, 스톡홀름 시내와 거리에서 자기 피부색과 머리 색 그리고 이름 때문에 미행을 당한다고 느낀다. 이 때문에 아모르는 혼란에 빠지며 이제까지 경험하지 못했던 다른 경험들이 그의 인식을 압도한다. 심지어 아모르는 자신을 잠재적인 자살 폭탄 테러범으로까지 생각한다. 이십사 시간이라는 단 하루의 강렬한 시간 동안 우리는 아모르의 머릿속에 들어가 있는 듯한 느낌을 받는다. 케미리는 시간을 평면이 아니라 입체적으로 파악한다. 소설 속에 빠져 갈수록 범죄자와 피해자, 사랑과 화학, 편집증과 현실 사이의 경계가 점점 더 흐릿해진다.

주인공 아모르는 실제로 혹은 상상 속에서 친구들에게 전화를 걸어 자살 폭탄 테러 후 옷차림과 행동거지 등에 대해서 지시를 한다. 그가 뒤쫓고 있는 젊은 여자와 대화도 하는데, 그는 한낱 스토커일까? 그는 무엇을 숨기고 있는 걸까? 아모르와 죽은 외할머니와의 대화를 어떻게 이해할 것인가? 케미리는 이 사건에 대한 근본적인 불확실성을 이렇게 암시한다.

아모르의 내면에서 텍스트가 형성되며 그 후에 많은 의문이 꼬리를 물고 일어난다. 상황은 점점 급박해지고, 대답을 찾느라 분주하고 다급해지지만 결과적으로 텍스트는 우리에게 아무런 설명도 해 주지 않는다.

조이스가 약 백 년 전 의식의 흐름 기법이라는 서사적 스타일의 새로운 국면을 연 것처럼, 케미리도 우리 독자로 하여금 인물의 의도된 마음과 경험의 세계로 직접 들어가도록 인도해 준다. 자살 폭탄 테러라는 극적인 사건을 통해, 개인의 광기와 집단 히스테리, 자살 등 극단적인 삶의 모습이 소설의 줄기를 형성한다. 이렇게 극한 상황 설정은 결국 주인공 아모르의 극심한 갈등과 고통을 그려 냄으로써 아모르의 내면 세계를 깊이 있게 보여 준다. 케미리는 아모르의 미세한 의식 변화와 움직임을 통해 인간 내면의 어두운 부분까지 끈질기게 파고든다.

의식의 흐름 기법 외에도 자의식을 강조하는 케미리의 중요한 표현 수단은 바로 언어이다. 그는 자신이 말하고자 하는 것을 표현하기 위해서 언어에 대한 실험에 끊임없는 열정을 보여 준다. 예를 들면 헬륨, 타이타늄, 우라늄, 우눈트륨, 오스뮴 등 학교에서 배우던 원소의 성질로 친구의 성격을 규정하며, 이는 여러 차례 반복되면서 언어의 상징성과 함께 새로운 언어로까지 발전해 간다. 이미 케미리는 『몬테코어』와 희곡 「침입」에서도 비관습적인 단어의 조합, 사회적 관습에 대한 위반, 현대적인 관습에 대한 위반, 어휘 결합에 대한 위반 등 다양한 방법을 통해서 언어의 파격적인 변형을 실험했으며 이를 통해 자신만의 독특한 언어를 창조해 냈다.

어떤 차원에서는 작품 『나는 형제들에게 전화를 거네』는 매우 주관적인 경험을 묘사한다. 언어는 모든 관계를 한순간에 만들어 내고 자신만의 뒤틀린 논리를 따라가게 된다. 하지만 폭탄 테러가 일어난 이십사 시간 동안 아모르의 경험 이미지는 문학적으로 잘 조화를 이룬다. 물론 텍스트는 내면 모놀로그로 구성되지만 이는 대부분 아모르 자신과의 대화나 생각으로 구성되어 있다.

조이스가 의식의 흐름을 산만하지 않게 구성하는 수단으로 반복을 사용하였듯이, 케미리도 원소 이름, 친구 이름, 전화, 사건, 구절들을 반복하며 이야기를 끌어 나간다. 특히 "나는 내 형제들에게 전화를 걸어 이야기한다."라는 구절의 반복은 이 작품 제목이자 가장 중심적인 테마다. 결국 작품 『나는 형제들에게 전화를 거네』에서는 반복이 케미리의 주요 기법일 뿐 아니라 스토리텔링의 핵심을 이룬다고 해도 과언이 아니다. 자살 폭탄 테러라는 하나의 이야기를 변형하면서 되풀이하는 그의 반복 기법은 놀라울 정도로 효과적이다. 무엇보다도 케미리의 작품에서 반복은 과거 일이 단순히 과거로 끝나 버릴 수 없다는 사실을 암시하는 듯하다. 케미리는 이민자 사회의 중압감과 소외감을, 상징으로 충만한 언어의 다중성을 통해 표현한다.

주인공 아모르와 같이 검은 머리 이주민을 경멸적으로 부르는 스웨덴 속어에는 블라테(blatte)와 스바르트스칼레(svartskalle)가 있다. 블라테는 오스만 제국의 공격으로 난국에 봉착한 로마인이 튀르크인을 가리켜 불렀던 말이며 바퀴벌레라는 뜻도 있다. 반면에 '머리가 검은 사람'을 뜻하는 스바르트스칼레는 말 그대로 머리가 검은 사람들을 욕할 때 스웨덴인들이 하는 말이다. 도심 한가운데서 폭탄이 터지고 난 후 스톡홀름 백인 사회는 공포와 충격에 휩싸였다. 동시에 폭탄 테러범으로 스웨덴에 이민 온 이라크 출신 압둘와하브가 지목되자 머리가 검은 중동 지역 출신 이민자는 누구든지 잠재적인 공범으로 의심받을 수 있다는 두려움을 느꼈을 것이다. 마치 케미리의 희곡 「침입」에서처럼 누구나 잠재적인 테러리스트 '아불카셈'이 될 수 있는 상황을, 유색 인종이라면 매일 느끼면서 생활했던 것처럼. 아모르가 의심의 눈초리를 받지 않고 과연 범죄 현장을 지나갈 수 있을까?

작품에서 도시는 단순한 공간이 아니라 긴장된 도시 속 인간의 불안하고 고독한 정서를 표현하는 공간으로, 매우 결정적인 역할을 한다. 텔레비전 관광 프로그램이 보여 주는 아름답고 행복한 도시는, 이주민의 소외와 고독을 산출하는 공간으로 전락해 버렸다. 사고로 인한 충격과 그에 따른 정신의 약화는 주인공 아모르로 하여금 인간 실존의 의미를 절감하게 한다. 이민자로, 이방인으로, 외국인으로 살고 있는 주인공 아모르에게 압둘와하브의 자살 폭탄 테러는 스톡홀름이라는 도시를 거대한 위협으로 만들어 버리고 말았다. 도시 일부분이었던 아모르는 더 이상 도시 일부분이 아니다. 의심의 눈초리와 인종차별 그리고 그를 아웃사이더로 몰아 버리는 백인 군중의 시선은 더 이상 아모르가 도시 일부가 될 수 없음을 보여 준다. 주인공 아모르는 도시 여느 사람과 마찬가지로 도시 일부라고 스스로를 설득하려고 한다. 하지만 도시 안에 국경이 존재하는 것이다. '동물의 권리'라는 단체에서 일하는 카롤리나가 아모르에

게 전화를 걸어 "네 발을 지녔건, 날개가 달렸건, 비늘이 있
건 아니면 털이 있건 간에 개개의 생명의 고유함에 대해 모
두가 존중받아야 한다."라고 주장하는 말은 매우 역설적으
로 들린다.

2015년 6월
홍재웅

옮긴이 홍재웅

스웨덴 스톡홀름대학교에서 스트린드베리 연구로 박사학위를 취득했으며, 현재 한국외국어대학교 스칸디나비아어학과 교수로 재직 중이다. 스웨덴, 노르웨이, 덴마크 문학의 번역 작업과 연극 공연 작업 등 북유럽의 문화를 소개하는 다양한 일에 매진하며, 북유럽과 한국 사이의 외교적 유대 관계를 돈독히 하는 데도 힘을 보태고 있다. 저서로 *Creating Theatrical Dreams*, 『유럽과의 문화 교류를 위한 연극제 자료조사 I, II, III』, 역서로 『꿈의 연극』, 『인구 위기』, 『3부작』, 『보트하우스』, 『나는 형제들에게 전화를 거네』, 『아버지의 원칙』 등이 있다.

나는 형제들에게 전화를 거네

1판 1쇄 펴냄	2015년 6월 5일
2판 1쇄 찍음	2024년 6월 20일
2판 1쇄 펴냄	2024년 6월 30일

지은이	요나스 하센 케미리
옮긴이	홍재웅
발행인	박근섭·박상준
펴낸곳	(주)민음사

출판등록	1966. 5. 19. 제16-490호
주소	(135-887) 서울특별시 강남구 도산대로1길 62(신사동) 강남출판문화센터 5층
대표전화	02-515-2000 | 팩시밀리 02- 515-2007
홈페이지	www.minumsa.com

한국어 판 ⓒ (주)민음사, 2015, 2024. Printed in Seoul, Korea

ISBN 978-89-374-5654-1 (03890)